게다를 신고
어슬렁어슬렁

게다를 신고
어슬렁어슬렁

나가이 가후 지음

정수윤 옮김

오토와 베니코 해설

차례

히요리게다

서문 ·································· 9

히요리게다 ···················· 11

사당 ······························ 24

나무 ······························ 27

지도 ······························ 36

절 ································· 42

물 그리고 나룻배 ············ 53

골목 ······························ 69

공터 ······························ 75

벼랑 ······························ 93

언덕 ······························ 106

석양 그리고 후지 산 풍경 ·· 113

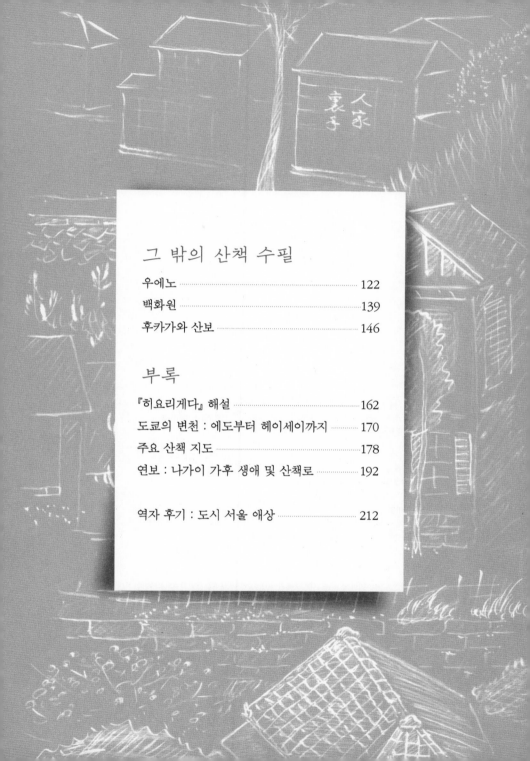

그 밖의 산책 수필

우에노 ································· 122

백화원 ································· 139

후카가와 산보 ······················· 146

부록

『히요리게다』 해설 ················· 162

도쿄의 변천 : 에도부터 헤이세이까지 ······· 170

주요 산책 지도 ····················· 178

연보 : 나가이 가후 생애 및 산책로 ··· 192

역자 후기 : 도시 서울 애상 ············· 212

일러두기

1. 이 책은 『가후 전집荷風全集』(이와나미쇼텐岩波書店, 1963)을 기초로 하고,
   『히요리게다 : 일명 도쿄산책기日和下駄 : 一名東京散策記』(고단샤講談社, 1999)를
   참조하여 번역했다. 수록 순서는 발표 시기 순서를 따랐다.
2. 일본어를 비롯한 모든 외래어는 국립국어원 외래어 표기법을 따라 표기했으며,
   필요한 경우 원어나 한자를 첨자로 병기했다. 단, 일본어 한자는 우리 한자음대로
   쓰는 관용을 고려하여 인명이나 지명이 아닌 경우에는 그 관용을 따랐다.
   예) 바쿠후幕府→막부, 한藩→번
3. 작가 주는 ( ) 안에 넣어 본문 서체 크기로, 옮긴이 주는 ( ) 안에 넣어 본문 서체보다
   작게 처리했다.
4. 표지와 본문에 사용된 사진은 이치카와 시 문화국제부 문화진흥과의 도움을 받아
   나가이 가후의 유족 나가이 소이치로永井壯一郎부터 제공받았다.

정은문고는 신라애드의 출판브랜드입니다.

히요리게다

서문序

히요리게다日和下駄

사당淫祠

나무樹

지도地図

절寺

물 그리고 나룻배水 附 渡船

골목路地

공터開地

벼랑崖

언덕坂

석양 그리고 후지 산 풍경夕陽 附 富士眺望

독자의 이해를 돕기 위해 지명에 많이 쓰이는 일본어 한자(음독, 훈독 순)를 정리했습니다.

山(산) 산/센, 야마

川(강) 센, 가와

寺(절) 지, 데라

坂(언덕) 한, 사카/-자카

谷(골짜기) 고쿠, 다니/-야

町(마을) 초, 마치

門(문) 몬, 가도

原(들판) 겐, 하라/-바라

柳(버드나무) 류, 야나기

崖(벼랑) 가이, 가케

島(섬) 도, 시마/-지마

森(숲) 신, 모리

堂(당) 도

園(뜰) 엔, 소노

橋(다리) 교, 하시/-바시

通り(거리) 도리

서문

    도쿄 시내를 산책하며 쓴 글을 모아 『히요리게다^{日和下駄}』*라고 이름 짓는다. 그 이유는 본문 서두에 밝혀두었으니 여기서는 따로 언급하지 않겠다. 『히요리게다』는 다이쇼 3년(1914) 초여름부터 일 년 가까이 매달 잡지 『미타분가쿠^{三田文学}』에 연재한 글을 이번에 출판사 헤이진도 주인의 부탁으로 손보아 한 권으로 묶은 책이다. 여기에 글 쓴 날짜를 분명히 기록한 이유는, 책이 세상에 나올 즈음이면 글 속의 거리 풍경은 이미 적잖이 파괴되어 흔적조차 찾을 수 없으리라 여겨지는 탓이다. 목조 다리였던 이마도바시는 어느 새 철교로 바뀌었고, 에도 강 둔덕은 시멘트가 발라져 다시는 달개비꽃을 볼 수 없다. 에도 성 사쿠라다몬 성문 밖이나 시바 아카바네바시 건너편 공터는 지금 토목공사가 한창이다. '어제의 꽃도 오늘은 꿈'이 되는 덧없는 세상의 유물을 비록 서투른 글월로나마 남기고자 하니, 부디 훗날 두런두런 나눌 이야깃거리라도 될 수 있기를.

을묘년(1915) 늦가을
가후

---

*게다의 여러 종류 가운데 특히 맑은 날 신는 게다를 이르는 말. 비 오는 날 신는 아시다보다 굽이 낮지만 일반 게다나 서양 구두보다는 높아 옷자락이 바닥에 끌려 흙이 묻는 것을 막을 수 있었다.

히요리게다

　　남달리 키가 큰데도 나는 항상 히요리게다를 신고 박쥐우
산을 들고 걷는다. 아무리 맑게 갠 날이라도 히요리게다에 박쥐
우산이 없으면 안심이 되지 않는다. 도쿄 날씨는 일 년 내내 습
기가 많아 도무지 믿음이 가지 않는 탓이다. 쉬이 변하는 건 남
자의 마음과 가을 하늘, 높은 분들의 나랏일뿐만이 아니다. 봄
날 벚꽃놀이 무렵, 아침결에는 하늘이 맑게 개다가도 오후 두세
시면 으레 바람이 불고 저녁나절에는 비가 온다. 장마철은 말
할 것도 없다. 삼복으로 들어서면 언제 어느 때 한바탕 소나기
가 쏟아질지 가늠하기 어렵다. 하기야 변화무쌍한 날씨 덕에 뜻

밖의 비를 만난 선남선녀가 부득이 부부의 연을 맺었다는 이야기는 옛 소설에도 나올뿐더러, 오늘날에도 연극이 끝나고 때마침 내리는 비로 요행히 남의 눈을 피해 장막 안 어딘가에서 은근하게 정사 장면을 연출하는 경우가 없지 않다.

각설하고 히요리게다의 효용으로 말할 것 같으면, 갑자기 비를 만났을 때 도움이 될 뿐만 아니라 잇따라 맑은 날이 계속되는 겨울날에도 요긴하다. 야마노테(山の手 도쿄 중심부의 고지대. 저지대 서민마을을 이르는 시타마치下町와 대비된다) 일대 적토는 서릿발이 녹으면 온통 질척해지는데 이것도 문제없다. 아스팔트가 깔린 긴자 니혼바시 대로에 시궁창물이 튀는 진창이 널렸지만 역시 거뜬하게 지날 수 있다. 그래서 나는 히요리게다를 신고 박쥐우산을 들고 걷는다.

거리를 산책하는 건 어릴 때부터 좋아했다. 열서너 살 무렵, 우리 집은 잠시 고이시카와에서 고지마치 나가타초 부근 관사로 이사를 한 적이 있다. 물론 전차가 없던 시절이다. 나는 간다 니시키초에 있는 사립영어학교까지 걸어 다녔다. 에도 성 한 조몬으로 들어가 후키아게교엔 뒤편 노송 울창한 다이칸초도리를 빠져나와 이윽고 니노마루(二の丸 성의 두 번째 성곽), 산노마루(三の丸 성의 세 번째 성곽)의 높은 돌담과 깊은 해자(성 둘레에 파놓은 수로, 성 안 해자는 내호內堀, 바깥 해자는 외호外堀라 한다)를 바라보며 다케바시를 건너 히라카와몬 맞은편 옛날 막부 식량창고, 오늘날 문부성 건물을 따라 히토쓰바시로 나온다.

처음에는 이 길이 그다지 멀게 느껴지지 않았다. 신기해서 오히려 즐거웠다. 궁내청 뒷문과 비스듬히 마주한 군부대를 따라 난 둑 중간쯤에 커다란 팽나무가 있었다. 그즈음 팽나무 그늘 아래 우물이 있어 여름이고 겨울이고 단술, 찹쌀떡, 유부초밥, 아메유(飴湯 조청을 더운 물에 녹여 생강즙이나 계핏가루를 넣은 음료) 같은 걸 파는 장사꾼들이 제각기 짐을 내려두고 오가는 사람이 들르길 기다렸다. 많을 때는 짐수레꾼, 마삯꾼 대여섯 명이 쉬면서 밥을 먹기도 했다. 다케바시에서 다이칸초도리를 그냥 걸어서 지나는 사람들은 잘 느끼지 못하겠으나, 수레를 끄는 사람들에게는 끝없이 이어지는 고된 언덕길이었다. 우물은 중간쯤에 있었다. 이렇듯 도쿄 지형은 고지마치, 요쓰야 쪽으로 갈수록 점차 높아진다.

한여름 푹푹 찌는 날이면 나도 하굣길에 짐수레꾼, 마삯꾼과 함께 수건을 적셔 땀을 닦고, 둑 위에 올라 커다란 팽나무 그늘 아래서 쉬었다. 둑에는 '올라가지 마시오'라는 경고문이 붙어 있었지만, 개의치 않고 올라가면 해자 너머로 멀리 마을이 보였다. 아마도 이 풍경은 외호 소나무 그늘에서 바라보는 우시고메, 고이시카와 고지대의 경치만큼이나 도쿄 내 절경이리라.

나는 니시키초에서 집으로 돌아올 때마다 사쿠라다몬 쪽으로 돌거나 구단 쪽으로 나가는 등 이리저리 먼 길로 돌아 처음 보는 마을을 둘러보는 게 못 견디게 재미있었다. 일 년쯤 지나 그 풍경에 질리기 시작했을 무렵, 우리 가족은 다시 고이시카와에 있는 옛집으로 돌아왔다. 그해 여름 처음으로 료고쿠에 있는 수영장을 다니게 됐고, 이번에는 번화한 시타마치와 큰 강 줄기 일대 광경에 적잖이 흥미를 느꼈다.

도쿄 거리를 산책하는 것은, 내가 태어나 오늘까지 살아온 과거 생애에 대한 추억의 길을 더듬는 것과 같다. 아울러 옛 유적과 명소가 나날이 파괴되는 세태를 목도하며 나는 덧없는 비애와 쓸쓸한 정취에 사로잡힌다. 무릇 근세 문학에 드러난 황폐한 시상에 잠기고 싶다면 굳이 이집트나 이탈리아까지 갈 것 없이 현재 도쿄를 걷기만 해도 무참하고 애처로운 기분을 느낄 수 있으리라. 오늘 지나온 절 문이나 어제 쉬어갔던 길가의 거목도 다음번엔 필시 주택이나 공장이 되어 있을 거라 생각하면, 그다지 유서 깊지 않은 건물이나 오래되지 않은 나무도 왠지 그윽하고 쓸쓸한 심정으로 올려다보게 된다.

원래 에도(江戶 도쿄의 옛 명칭, 에도시대 막부의 수도) 명소 중에는 예로부터 별로 자랑할 만한 풍경이나 건축이 없었다. 이미 호신사이 기카쿠(宝晋斎其角 에도시대 초 골계적인 풍류를 담은 산문시인 하이카이의 대가)가 『루이코지類柑子』에서 밝힌 바 있다.

스미다 강이 유명하긴 하지만 교토의 가모 강이나 가쓰라 강에 비해 천박하여 격이 떨어진다. 산줄기라도 있으면 좋으련만. 메구로는 어쩐지 예스러운 산고개가 있어 재미는 있는데 물가에서 한참 멀고 산이 험준해 적막한 느낌이다. 오지는 우지처럼 눈을 못 떼게 만드는 섬이나 산이 없고(오지王子는 도쿄 북부, 우지宇治는 교토 남부 마을. 발음은 비슷해도 경치는 영 다르다는 말장난), 고코구지 절은 벚나무 천 그루를 한눈에 볼 수 있는 요시노 산(吉野山 교토 인근의 절과 신사, 벚꽃으로 이름 높은 산)의 눈 덮인 동틀 녘을 떠올리게 하지만 강이 흐르지 않으니 아쉽다. 스미요시 신사를 옮겨다 놓은 도쿄 쓰쿠다지마도 벼랑에 작은 소나무姬松가 적어 무지개다리 건너는 이 드무니, 사람들은 명성 높은 규슈 다자이후로 몰려가 소매 강 색芼에 외투를 말리고 (작은 소나무는 여성을, 소매 강 색은 여색을 상징한다) 오모이 강 강가는 쓰레기로 가득하다. 다자이후 간온지 절처럼 당나라 그림은 있지만 범종이 없으니 들통이 나고, 교토 호온지 절처럼 흰 기와를 얹겠다고 병풍을 세우는 마당이다. 나무숲은 성기고 매화나무는 단풍이 들지 않으며, 3월 말에 등나무를 꼬아 복도에 자리나 깔 뿐 들판에는 마음도 주지 않는다.

그러면서 쾌청한 날의 후지 산만이 에도 명소 가운데 오직 한 가지 흠잡을 데 없는 명작이라 했다. 아마도 이것이 에도 풍경에 대한 가장 공정한 비평이리라. 에도 처마 아래 풍광은 교토나 나라와 견줄 만한 것이 한 가지도 없다. 그럼에도 에도의 풍경은 이 도시에 태어난 이들에게 언제나 특별한 감흥을 준다. 예부터 에도 명소에 관한 안내책자나 교카(狂歌 에도시대 말엽에 성행한 풍자적이고 익살스런 시) 모음집, 그림책 등등이 수없이 출판된 것만 봐도 그렇다. 태평한 시대에 무사와 평민은 여기저기 유람하기를 즐겼다. 꽃을 사랑하고 경치를 바라보며 고적지를 찾는 일은 가장 멋스럽고 고상한 취미로 인정받았기에 실제로는 크게 흥을 못 느끼더라도 가끔씩 유람을 자랑하며 뻐기곤 했다. 내 생각에 에도 사람들이 가장 열심히 에도 명소를 찾아다닌 때는 역시 교카 전성기이지 싶다. 에도 명소에 흥미를 가지려면 우선 에도 경문학(輕文學 가볍고 재미있게 접할 수 있는 문학)에 대한 소양이 있어야 한다. 한 발 더 나아가 게사쿠(戱作 에도 말기에 등장한 골계적인 대중소설) 작가 기질이 필요하다.

요사이 내가 히요리게다를 딸깍거리며 다시금 거리로 나와 산책을 시작한 건 물론 에도 경문학에서 받은 감화 때문임을 부정할 수 없다. 그러나 나의 취미는 근래의 딜레탕티즘(예술이나 문학을 취미 삼아 하는 태도)에서 영향을 받은 듯도 하다. 1905년 파리에 앙드레 알레라는 신문기자가 사회 전반의 현상을 마치 연극이라도 보듯 둘러보며 쓴 기사, 프랑스 도시 고적을 걸어 다니며 받은 인상을 적은 여행기를 한데 모아 『앙 플라낭』이란 제목으로 발표했다. 그때 앙리 보르도라는 비평가가 이 책으로 '딜레탕티즘이란 무엇인가'에 대해 비평한 적이 있었다. 여기서 비평 내용을 소개할 필요는 없겠지만, 다만 서양에도 거리를 산책하며 현대 사회와 과거 유물을 견주는 데 흥미를 느끼던 나와 비슷한 경향의 인물이 있었음을 밝혀두고 싶다.

서양인인 알레는 물론 나처럼 사회에 관심이 없거나 은둔적이지는 않았다. 나라의 사정이 나와 다르기 때문인데, 그는 달리 할 일이 없어 어쩔 수 없이 산책을 했던 게 아니라 스스로 나서서 세상을 관찰하기로 마음먹었다. 반면 나는 특별히 이렇다 할 의무나 책임도 없는, 말하자면 은거나 마찬가지인 생활을 하는 처지다. 그날그날을 살아갈 뿐, 세상에는 얼굴도 내밀지 않고 돈도 쓰지 않으며 말상대를 찾아다니지도 않는다. 그저 혼자서 멋대로 유유자적 살아가는 방법을 이리저리 궁리한 끝에 어슬렁어슬렁 거리를 거닐어보기로 마음먹은 것이다.

프랑스 소설을 읽어보면 몰락한 귀족 가문에 태어난 사람이 유산 몇 푼으로 자기 몸 하나는 어찌어찌 먹고살아도, 사람들과 어울려 세속의 기쁨은 나누지 못한 채 평생 외롭고 무능하게 살아가는 모습을 그린 작품이 많다. 세상에 이름을 떨칠 만한 전문분야를 찾아 연구를 하고 싶어도 그만한 돈이 없고, 직업을 구해 일을 하고 싶어도 일할 데가 없다. 그러니 하는 수 없이 취미 삼아 그림을 그리고 낚시를 하고 무덤가를 거닐며 돈 없이도 살아갈 방법을 강구해낸 것이다. 나의 경우와는 완전히 다르지만, 행위 자체나 분위기는 거의 비슷하리라.

오늘날 일본은 문화가 무르익은 서양 사회와는 달리 자기만 그럴 마음이 있다면 자본의 유무에 관계없이 해볼 만한 사업이 얼마든지 있다. 마음 맞는 남녀가 모여 연극을 해도 '예술을 위하여'라는 이름만 내걸면 어느 정도 관객이 모인다. 시골 중학생의 허영심을 자극해서 글을 공모한다면 문학잡지 정도는 경영할 수 있다. 자선과 교육이라는 미명하에 으름장을 놓아 유약한 가부키 배우들을 싼 값에 출연시키고 표를 강매해 흥행한다면 힘들이지 않고 큰돈도 벌 수 있다. 부호를 인신공격하며 차차 힘 좀 쓰는 인사로 올라선 뒤 주머니가 넉넉해질 때쯤 기회를 틈타 절묘하게 신사다운 품위를 갖춘다면 이윽고 국회의원 자리까지 오를 수 있는 세상이다. 오늘날 일본만큼 할 일도 많고 하기도 쉬운 나라는 아마 없으리라.

하지만 이런 식의 처세술을 떳떳하지 못하게 여기는 자는 알아서 적당히 물러나는 수밖에 없다. 시내에서 전차를 타고 서둘러 제 갈 길을 가려면, 갈아타는 정거장마다 위엄이고 허세고 다 내팽개치고 사람들을 밀어젖히며 다짜고짜 올라타는 야만적인 패기가 있어야 한다. 그런 만용은 부리지 말자고 스스로 반성하는 사람이라면, 무턱대고 빈 전차를 기다리느니 자라처럼 느릿느릿 걷더라도 자동차가 다니지 않는 뒷골목이나 아직 도시개발의 손길이 닿지 않아 파괴를 면한 옛길을 터벅터벅 걷는 게 낫다.

시내로 나간다고 해서 꼭 전차를 탈 필요는 없다. 다소 지체되는 걸 감내한다면 여유 있게 활보할 만한 길은 아직 얼마든지 있다. 현대생활 또한 그렇다. 미국풍 노력주의가 없더라도 충분히 먹고살 수 있다. 수염 기르고 양복 입고서 바보들을 겁주려드는 어쭙잖은 신사 같은 야심만 없다면, 설혹 수중에 땡전 한 푼 없고 친구라는 이름의 공모자나 선배, 두목이라는 이름의 아부 대상 따위 일절 없어도 유유자적하는 생활을 영위할 방법은 적지 않다.

같은 노점상이라도 수염 기르고 양복 입고서 연설조로 의학 설명해가며 가짜 약을 파느니, 나는 차라리 입 다물고 잿날 뒷골목에서 호떡을 굽거나 쌀가루 반죽으로 인형이라도 빚겠다. 고학생으로 변장한 요즘 장사치들은 건방진 구두 소리를 때각거리며 남의 집 격자문을 열어젖힌다. "안주인 계십니까?" 하고 사투리를 섞어가며 큰소리치는데, 까딱하면 누굴 협박이라도 할 듯한 위협적인 태도완 달리 모습은 예전 그대로 짚신에 행전을 차고 삿갓을 쓴 차림새다. "물방개 애벌레, 쥐똥나무 벌레, 하코네 산 도롱뇽, 엣추 도야마의 천금환 있어요!" 이런 소릴 가을 저녁이나 겨울 아침 같은 때 듣고 있노라면 서글프고 쓸쓸한 기분을 주체할 수가 없다.

그렇다고 나의 터벅터벅 걷기가 새로운 도시 도쿄의 장관을 칭송하며 탐미적 가치를 논하기 위함이라거나 옛 도시 에도의 발자취를 더듬으며 고적 보존을 주장하기 위함은 아니다. 애초에 현대인이 고미술을 보존하려는 행위 자체가 본디 멋을 해치는 요인이 되는 까닭이다. 유서 깊은 사찰과 신사 주변에 쇠사슬을 두르고 페인트칠한 입간판을 세워 '뭐뭐 하지 마시오'

라고 써두는 정도라면 그나마 낫다. 옛 사찰과 신사를 보존한다는 명분 아래 이것저것 수리한답시고 도급공사에 들어가는 순간 죄다 파괴해버리는 꼴이 된다는 사실은 새삼 언급할 필요도 없으리라.

나는 그저 목적 없이 느릿느릿 걸으며 쓰고 싶은 것을 마음껏 쓰겠다. 집에 앉아 집사람 히스테리 부리는 얼굴을 보며 세상만사 덧없음을 느끼고, 신문사 잡지사 기자들 습격을 받아 모처럼 청소해둔 화로를 꽁초의 섬으로 만드느니, 차라리 여유 있을 때 집을 나서서 산책이나 하는 것이 낫다. 걷자, 걸어보자. 그런 생각으로 나는 터덜터덜 어슬렁어슬렁 느릿느릿 돌아다니며 걷는다.

애초에 목적 없는 나의 산책길에 조금이나마 목적 비슷한 것이 있다면, 이렇다 할 일 없이 박쥐우산 들고 히요리게다 끌고 걷다 전차길 뒤편 골목에 이따금 남아 있는 도시개발 이전 옛길로 들어서는 일이다. 혹은 절이 많은 야마노테 골목길 나무숲을 올려다보거나 도랑이나 수로 위에 걸린 이름 모를 작은 다리를 보는 일이다. 어쩐지 낡고 빛바랜 풍경이 내 마음을 어루만져 나도 모르게 잠시 발걸음이 멎는다. 그런 쓸데없는 감상에 젖을 수 있다는 사실이 무엇보다 기쁘다.

똑같이 황량한 광경인데도 이름난 궁전이나 성곽은 삼체당시三體唐詩와 같이 시가 된다. "여기가 그 옛날 화려하던 태액지 구진궁인가 황혼 속 무너진 돌담에 봄비만 촉촉하네"라든가

"수양제 봄놀이하던 고성 지금은 부서져 초목과 인가로 가득하누나"와 같이 시나 노래로도 읊을 수 있을 터다. 그러나 나는 내가 좋아서 히요리게다를 끌며 돌아다닌다. 도쿄의 황폐한 터는 그저 나의 개인적인 흥취를 돋울 뿐, 이 풍경은 쉬이 특징을 설명하기 어렵고 지극히 평범하기만 하다.

예를 들면 한 면이 포병공장 벽돌담으로 가로막힌 고이시카와 도미자카를 거의 다 내려가, 왼편으로 난 한 줄기 도랑을 따라 곤냐쿠엔마(蒟蒻閻魔 젠카쿠지 절의 별칭, 염라대왕 좌상이 있다) 쪽으로 꺾어지면 나오는 골목이 바로 그렇다. 양편으로 나지막한 집들이 늘비하고 길은 자기 마음대로 구불구불 나 있다. 페인트칠한 간판이나 서양 모조품 유리창 따위가 있는 집은 한 채도 보이지 않는다. 드문드문 펄럭이는 얼음가게 깃발 말고는 골목 정경에 색채라 할 것이 전혀 없다. 그저 예나 지금이나 바느질가게, 감자가게, 막과자가게, 등롱가게 같은 가업을 이어가며 하루하루 살아가는 집들뿐이다.

새로 생긴 마을 어귀에 종종 모모상회라든가 모모사무소라는 번지르르한 간판이 걸린 건물을 보면, 새 시대와 함께 도래한 기업을 향한 알 수 없는 불안감이 엄습하는 동시에 이를 주도한 자들에게서도 엄청난 위험을 느낀다. 반대로 가난한 뒷골목에 예부터 전해 내려오는 방법으로 변변찮은 생계를 꾸려가는 노인을 보면 연민과 비애와 더불어 솟아나는 존경심을 금할 길이 없다. 그러나 이 집 외동딸도 지금쯤 직업소개소의 먹

잇감이 되어 어디 게이샤라도 된 게 아닐까 싶을 때면, 나는 일본 고유의 충효사상과 인신매매 관습이 현대사회에 미치는 영향 등에 대해 이래저래 얽히고설킨 생각에 빠져든다.

얼마 전 아자부 아미시로초 부근 뒷골목을 지날 때였다. 벼랑 위에서 불어오는 여름 바람에 활동사진이나 고쿠기칸(国技館 스모 전용경기장), 만담공연장 따위의 선전용 깃발이 나부끼는 얼음가게 앞이었다. 열대여섯 살쯤 되어 보이는 여자아이가 밖에서도 훤히 보이는 안쪽 거실에 앉아 기요모토(清元 요염하고 아름다운 샤미센 반주의 노래)를 연습하는 걸 보고는 언제나처럼 스윽 발걸음을 멈추었다. 나는 불건전한 에도의 음곡이 요즘 세상에서도 그 명맥을 유지한다는 사실이 의아하게 여겨질 뿐만 아니라 그 구슬픈 가락이 어째서 아직까지 이토록 내 마음을 자극하는지 이상하기만 했다. 무심코 뒷골목을 걷다 들려오는 소녀의 샤미센 연주에 감동하다니, 나는 도무지 새로운 세계의 사상을 받아들일 수 없을 것 같다. 에도의 음곡을 전기등 아래서 요란스레 연주하게 만드는 세속 일반 풍조와도 어울릴 수 없다. 큰 타격을 주는 무언가가 나타나지 않는 한, 나의 감각과 취미와 사상은 나를 차츰 고루하고 편협하게 만들어, 마침내 나는 세상에서 완전히 소외되고 말리라.

나는 이따금 반성하려 애써본다. 동시에 이런 성격이 도대체 나를 어디로 끌고 갈까 생각해본다. 차라리 내 몸을 남의 것인 양 방치해버릴까. 그렇게 허무한 미래를 상상하며 얄궂은 호기심을 느낄 때도 있다. 자기 몸을 꼬집고는 이 정도 힘을 주니 역시 이 정도 아프구나 하면서 스스로를 괴롭히고 혼자서 눈물 짓는 것이나 마찬가지다. 겉으로는 담담함과 소탈함을 가장하지만, 마음속에는 참을 수 없이 깊은 체념이 깃들어 있다. 그런 까닭에 "눈물로 얼룩진 화장 번진 얼굴을 숨기고 억지로 술을 마시네" 같은 흔한 노래가사를 들을 때마다 내 맘은 조금 특별한 자극을 받는다. 나는 뒤에서 기세 좋게 달려드는 자동차 소리에 당황하여 큰길을 피해 해가 들지 않은 뒷골목으로 도망간다. 그렇게 남들보다 뒤처져 느릿느릿 걸으며 우리네 세대에서 흥미와 고뇌를, 우쭐함과 비애를 동시에 본다.

사당

뒷골목으로 가자, 사잇길을 걷자. 히요리게다를 딸각이며 내키는 대로 골목길을 걷다 보면 으레 사당이 나온다. 사당은 예로부터 오늘날까지 정부의 비호를 받은 적이 없다. 거들떠보지 않고 그대로 방치해두면 자칫 사라지기 십상인데도 사당은 오늘날 도쿄 시내에 셀 수 없이 많다. 나는 사당을 좋아한다. 뒷골목 풍경에 멋을 더해주는 사당은 다소 거창하게 말해 단순한 동상銅像보다 심미적 가치가 훨씬 뛰어나다.

혼조 후카가와의 수로 다릿목이나 아자부 시바의 급경사 언덕길 아래 혹은 번화한 마을의 곳간 사이사이, 아니면 절이 많은 뒷골목 모퉁이 같은 곳에 세워진 작은 사당이나 비를 맞으며 서 있는 지장보살 석상에는 아직도 뭔가를 간곡히 기원하는 사람들이 바친 에마(絵馬 소원을 비는 글과 그림)나 봉납 수건, 선향이 반드시 놓여 있다.

현대 교육이 아무리 일본인을 새롭고 교활하게 만들려 노력해도 일부 우매한 백성의 마음까지 앗아가지는 못했다. 길가 사당에 모셔진 지장보살에게 애타는 마음으로 소원을 빌며 목에 턱받이를 걸어드리는 사람 중에는 딸을 게이샤로 파는 이가 있을지도 모른다. 의적이 되는 사람이 있을지도 모른다. 계나 복권으로 요행만 바라는 사람이 있을지도 모른다. 하지만 그들은 타인의 사생활을 신문에 투고해 앙갚음을 꾀하거나 정의니 도리니 하는 명목으로 돈을 갈취하고 남을 못살게 구는 문명의 무기는 사용할 줄 모른다.

사당은 대체로 그 유래와 효험이 몹시도 황당무계하다. 그래서 왠지 모르게 골계의 정취를 풍긴다. 성천신에게는 유부만두를 바치고, 대흑천신에게는 가랑무를 올리고, 이나리신(稲荷神 곡식을 관장하는 신)에게는 유부를 헌납한다는 건 누구나 아는 상식이다. 또 시바 히카게초에는 고등어를 바치는 이나리신이 있고, 고마고메에는 질냄비를 바치는 호로쿠지조(炮烙地蔵 질냄비보살)가 있다. 호로쿠지조는 두통을 낫게 해달라고 비는 신인데 완쾌되면 감사의 표시로 보살님 머리 위에 질냄비를 얹는다. 아사쿠사 오우야마가시에 있는 절 가야데라에는 충치에 효험이 있는 아메나메지조(飴嘗地蔵 사탕핥는보살)가 있고, 긴류잔(金竜山 아사쿠사 절 센소지의 별칭) 경내에는 소금을 바치는 시오지조(塩地蔵 소금보살)가 있다. 고이시카와 도미자카의 절 겐카쿠지에 있는 염라대왕에게는 곤약을 올리고, 오쿠보 햐쿠닌마치의 귀왕鬼王에게는 옴을 낫게 해준 보답으로 두부를 바치며, 무코지마에 있는 절 고후쿠지의 '돌 할머니'에게는 아이의 백일기침을 낫게 해 달라 빌며 볶은 콩을 헌납한다고 들었다.

순수하면서도 미천하기 그지없는 어리석은 백성들의 습관은, 남사당패의 익살스런 탈춤이나 수수께끼 혹은 에마 속 서투른 그림처럼 한없이 내 마음을 위로한다. 그저 우스꽝스럽기만 한 것이 아니다. 이론이나 논리로는 설명이 안 되는 아둔하기 짝이 없는 짓에서 어딘지 모르게 처연하면서도 기묘한 감정이 느껴진다.

나무

신록 우거진   산에 우는 두견새   첫 가다랑어

옛 도시 에도의 가장 아름다운 계절 정취가 이 간단한 열일곱 자에 다 담겨 있다. 호쿠사이나 히로시게 같은 화가의 에도 명소 그림을 글자로 바꾼다면, 이 하이쿠(俳句 15자 안에 계절 언어를 포함시켜 짓는 일본 전통시) 한 소절로 충분하리라.

도쿄는 시내뿐 아니라 주변 근교까지 하루가 다르게 개발 중인데 다행히 절과 신사 경내, 개인 저택 그리고 벼랑길이나 도로 부근에 아직도 나무가 많이 남아 있다. 오늘날 공장 매연과 전차 소리로 인해 구름 한 점 없이 맑은 하늘에서도 소리개의 가냘픈 울음소리를 듣기 어렵고, 비 개인 깊은 밤 달이 떠도 두견새는 더 이상 울지 않는다. 첫 가다랑어도 얼음에 넣어 기차 편으로 가져오는 탓에 옛날처럼 그리 진귀한 맛이 느껴지지 않는다. 하지만 눈앞의 푸른 잎사귀만은, 꽃이 지는 매년 양력 5월이면 시타마치 강가나 야마노테 언덕 위 마을마다 아름다운 색을 틔워, 비로소 우리는 도시 도쿄에서 예부터 전해 내려오는 에도 고유의 쾌감을 느낄 수 있다.

도쿄에 사는 이여, 시험 삼아 처음으로 아와세(袷 솜을 누비지 않은 기모노) 입는 날, 아침이 됐든 점심이 됐든 혹은 저녁 무렵이 됐든 외출 길에 구단자카나 간다묘진, 유시마텐진이나 시바의 아타고 산(愛宕山 천연 산으로는 도쿄 23구에서 가장 높다는 구릉) 등등 곳곳의 고지대에 올라 거리를 내려다보라. 반짝이는 초여름 하늘 아래 끝없이 이어진 기와지붕 사이사이 어쩌면 은행나무, 어쩌면 모밀잣밤나무, 어쩌면 떡갈나무, 버드나무처럼 신록이 선명한 나뭇가지 끝에 태양이 곱게 내리쬐는 모습을 마주한다면, 아무리 도쿄가 서양을 모방한 건축물과 전선과 동상으로 추해졌다 해도 아직은 아주 몹쓸 도시는 아니라는 기분이 들리라. 어디라 콕 집어 말할 수는 없지만, 역시 도쿄에는 어쩐지 도쿄다운 고유한 정취가 있는 듯하다.

만약 오늘날 도쿄에 도시의 미美라 할 만한 것이 남아 있다면, 나는 그 으뜸이 나무와 물의 흐름에 있다고 단언한다. 야마노테를 뒤덮은 노목과 시타마치를 흐르는 강은 도쿄가 지닌 가장 귀중한 보물이다. 프랑스 파리의 파리다운 모습은 성당, 궁전, 극장 등 건축물에 있으니 설령 나무와 물이 없다 해도 부족함이 없으리라. 그런데 우리 도쿄는 만약 울창한 나무가 없다면 저 웅장한 시바산나이(芝山内 미나토 구 시바공원의 조조지 절 경내) 영묘라 할지라도 아름다움과 위엄을 완전히 드러내지는 못할 터다.

정원을 만드는 데 나무와 물이 필요함은 두말할 것 없다. 도시의 미관을 만드는 데도 역시 이 두 가지를 뺄 수 없으리라. 다행히 도쿄의 땅에는 예로부터 나무가 무척 많았다. 지금도 시바 타무라초에 남아 있는 은행나무처럼 도쿠가와 씨가 에도에 들어오기 전부터 고목이라 불린 나무가 적지 않다. 고이시카와 히사카타마치의 절 고엔지에 있는 거대한 은행나무나 신란 대사(親鸞上人 가마쿠라시대 승려)가 손수 심었다는 아자부 절 젠푸쿠지의 은행나무는 모두 수령이 수백 년 넘은 노목이다. 아사쿠사 간논도(浅草観音堂 아사쿠사 절 센소지의 본당) 주변에도 명성 높은 은행나무가 두 그루 있다. 고이시카와 식물원 내 커다란 은행나무는 메이지유신 이후 하마터면 베어질 뻔했던 도끼 자국이 남아 있기에 지금은 오히려 이 노목을 애지중지하는 사람이 많아졌다.

도쿄 시내에서 그 정도 사고 내력을 지닌 아름드리 은행나무를 찾아 걷는다면 아직 상당히 많을 듯싶다. 고이시카와 스이도바타의 도로 중앙에 떡하니 자리한 다이로쿠텐 사당 옆이나 야나기하라도리에 있는 지저분한 헌옷가게 지붕 위에도 커다란 은행나무가 있다. 내가 히토쓰바시에 있는 중학교에 다닐 무렵, 간다 오가와마치 도로에도 은행나무가 담배가게 지붕을 뚫고 전신주보다도 높이 솟아 있었다. 그리고 고지마치의 반초나 우시고메 오카치마치 주변을 지날 때면 에도시대 거물급 무사의 저택쯤 되어 보이는 집들 여기저기에서 거대한 은행나무가 보였다.

은행나무는 단풍이 들 무렵이면 절과 신사의 하얀 벽 붉은 난간과 대비를 이루며 가장 일본다운 풍경을 자아낸다. 개중에는 아사쿠사 간논도의 은행나무가 에도에서 으뜸이리라. 옛날 메이와시대(1764~1771) 때 이 은행나무 아래 '야나기야'라는 이쑤시개 가게가 있었다. 그 가게 딸인 미녀 오후지의 모습은 스즈키 하루노부나 잇피쓰 사이분초와 같은 니시키에(錦絵 풍속화를 색도 인쇄한 목판화인 우키요에의 마지막 형태) 작가들 그림에 남아 있다.

소나무는 은행나무보다 절이나 신사와 한층 조화를 잘 이루어 일본답고도 동양적인 풍경을 자아낸다. 에도 무사는 자기 저택에 꽃이 피는 나무를 심지 않고 상록수 가운데 특히 소나무를 귀하게 여기고 사랑했다. 본디 무가의 저택이던 터에는 여전히 푸른 빛깔 변함없는 소나무가 서 있어 괜스레 옛날을 떠올리게 하는 곳이 적지 않다. 이치가야의 수로 기슭에는 고력 소나무, 다카다오이마쓰초에는 학거북 소나무가 있다. 히로시게의 그림책 『에도의 토산江戸土産』에 따르면 에도의 도시인이 바라보며 칭송한 이름 높은 소나무는 다음과 같다. 오나기 강의 다섯 그루 소나무, 핫케이자카의 갑옷 소나무, 아자부의 일본 소나무, 데라지마무라 절 렌게지의 부채 소나무, 아오야마 절 류간지의 삿갓 소나무, 가메이도 절 후몬인의 앉은뱅이 소나무, 야나기시마 절 묘켄도의 소나무, 네기시의 수행 소나무, 스미다 강가의 수미 소나무 등등. 그 밖에도 더 있으리라. 그러나 다이쇼 3년 현재 말라죽지 않고 살아남은 나무는 몇 그루나 될까.

아오야마 류간지의 삿갓 소나무는 호쿠사이의 니시키에 『후지 36경富嶽卅六景』에도 있다. 나는 그 류간지를 찾아 옛날 에도지도에 의지해 오쿠보 은둔처에서 멀지 않은 아오야마를 향해 걸은 적이 있다. 절은 아오야마 연병장을 가로질러 병영 뒤편에 있는 센다가야 한 모퉁이에 남아 있었지만 불당은 사라지고 없었다. 경내 좁다란 임대 건물 앞에는 소나무는커녕 뜰로 쓸 공터조차 보이지 않았다. 근처에 야마노테의 신닛포리라 하여, 닛포리의 절 하나미데라와 견줄 만한 훌륭한 정원이 있는 센주인이란 절이 있었다. 익히 『에도 명소 도화江戸名所図絵』를 봐서 아는 터라 히요리게다를 신고 걷는 김에 찾아가봤는데, 낡은 정문을 지나 돌계단을 오르니 양쪽에 아름답게 가지를 친 차나무가 간신히 옛 모습을 간직하고 있을 뿐 정원은 흔적도 없이 갈아엎어지고 본당 옆 묘지는 민망할 정도로 줄어들어 있었다.

오늘날 우에노 박물관 구내에 있는 소나무는 간에이지 절의 아침 해 소나무 혹은 어린이 소나무라 불렸다. 스미다 강가의 수미 소나무는 이미 자취를 감추었지만 네기시의 수행 소나무는 아직 건재하다. 아자부 혼무라초의 절 소케이지에는 절강 소나무, 니혼에노키의 절 고야산(高野山 와카야마 현 고야 산에 있는 절 곤고부지의 도쿄 별원)에는 독고 소나무라 불리는 나무가 있다. 나무 모양이 옛날 그림에 나오는 것과 같으니 오래전 나무 그대로리라.

버드나무는 봄이 오면 벚나무와 함께 도시를 아름답게 수놓아 거리의 나무를 사랑하는 사람이라면 결코 등한시하지 않는 나무다. 벚나무는 우에노의 가을빛 벚나무, 히라카와텐진의 강황 벚나무, 아자부 고가이초의 절 초코쿠지의 우에몬 벚나무, 아오야마 절 바이소인의 히로이 벚나무, 또 요즘도 있는지 모르겠지만 명소 그림에 실려 이름을 떨친 시부야의 금왕 벚나무, 가시와기의 우에몬 벚나무, 고마고메의 절 기치조지의 가로수 벚나무와 같이 내력이 있는 나무를 찾아보면 꽤 있다. 하지만 버드나무 가운데는 이렇다 할 유명한 나무가 거의 없는 듯하다.

수양제는 장안에 현인궁을 지으면서 하남에 강을 내고 제방에 버드나무를 천삼백 리나 심었다. 금전옥루 그림자가 흐르는 맑은 물결에 비치고, 봄바람에 버들개지는 눈처럼 흩날리며 가을바람에 단풍 든 잎이 팔랑팔랑 춤을 추는 모습을 상상하면, 흡사 자개병풍이나 칠보자기를 보는 듯 색채에 현혹된다.

생각건대 버드나무 실가지가 강가에 나부끼고 출렁이는 걸 보는 일만큼 상쾌한 것은 없다. 에도 야나기하라의 둑에는 간다강에 면한 스지카이 성문에서 아사쿠사 성문에 이를 때까지 버드나무가 한가득 우거져 있었다. 하지만 도쿄가 들어서고 얼마후 둑이 헐리면서 지금처럼 붉은 벽돌로 된 연립주택으로 바뀌어버렸다. (『무강연표武江年表』(에도시대부터 메이지 초엽을 다룬 편년체 역사서)에 따르면 메이지 4년(1871) 4월에 둑을 허물고 메이지 12, 13년(1879, 1880) 즈음 연립주택을 지었다.)

야나기바시柳橋에 버드나무柳가 없음은 이미 류호쿠 선생이 『류쿄신시柳橋新誌』에 "다리를 버드나무로 이름 지으니 한 그루의 버드나무도 심지 않는다."고 적었다. 료고쿠바시에서 조금 내려간 강 하류 도랑에 걸린 작은 다리를 모토元야나기바시라 불렀다. 이곳에 늙은 버드나무 한 그루가 있었음은 류호쿠 선생의 책에도 나와 있으며, 고바야시 기요치카 옹의 도쿄 명소 그림에도 실려 있다. 그림을 보면 강 수면을 뒤덮은 아침 안개로 어스름해진 료고쿠바시 물가에 굵은 버드나무 한 그루가 다소 비스듬히 기울어 서 있다. 그리고 나무 그늘에 편한 차림의 줄무늬 기모노를 입은 한 남자가 수건을 어깨에 두른 채 흐르는 강물을 뒤돌아보고 있다. 한가하고 우아한 정취가 물씬 풍기는 그림이라 어쩐지 배 노 젓는 소리나 갈매기 우는 소리마저 들려올 듯한 기분에 사로잡힌다. 그때 그 버드나무는 언제 말라죽었을까. 지금은 강가의 풍경도 바뀌어 실개천은 메워지고 모토야나기바시는 흔적조차 찾아보기 힘들다.

한조몬에서 소토사쿠라다까지 혹은 히비야몬에서 바바사키몬과 와다쿠라몬까지 이르는 해자 부근에는 일제히 버드나무가 심겼고 곳곳에 물 뿌리는 수레가 있다. 아마 버드나무는 메이지 들어 심었으리라. 히로시게가 그린 니시키에 「동도명승東都名勝」(동도東都는 서쪽 수도 교토에 대비되는 동쪽 수도인 에도)의 소토사쿠라다 풍경을 봐도 해자 옆 길가엔 버드나무가 한 그루도 없다. 둑 아래 우물터에 버드나무가 딱 한 그루 서 있을 뿐이다. 나의 소견으로 말할 것 같으면, 이쪽 둑에 버드나무가 있으면 물 건너 고성의 돌담과 노송을 조망하는 데 방해되고, 또 시야가 좁아질 위험이 있기에 도리어 없는 것만 못하다. 하기야 여기저기 서양 단풍나무 따위를 심어 놓은 판국이니 무슨 말을 더하랴.

그저 서양도시 외관이나 흉내 내겠다고 욕심을 내는 도쿄는 요즘 단풍나무나 상수리나무 같은 서양나무를 길가 여기저기에 옮겨 심고 있다. 그 가운데 아카사카 기노쿠니자카 거리만큼 부조화를 이룬 곳도 없지 싶다. 어딜 봐도 궁궐답고 교토스러운 아카사카 별궁 줄무늬 벽 앞에 이국에서 들여온 상수리나무를 가로수로 심다니 어찌된 영문인지. 야마노테 지역에서도 특히 해자 쪽 도로에는 가로수를 심을 필요가 없다. 가로수 녹음이 없더라도 야마노테 일대는 어디라 할 것 없이 나무가 눈에 띈다. 가로수는 번화한 시타마치에 있을 때 가장 빛을 발한다. 여름밤 긴자, 고마가타, 닌교초의 큰길가 버드나무 그늘 아래 분주하게 들어선 노점에는 선풍기가 없어도 시원한 천연 바람이 자유자재로 불어오니 대형 백화점과 맞먹지 않는가.

　그 밖에도 도쿄에는 유명한 나무가 많다. 아오야마 연병장 내 울창하고 신기한 나무, 혼고 니시카타마치에 있는 아베 백작 저택의 모밀잣밤나무, 같은 지역 유미초에 있는 큰 녹나무, 시바 미타에 있는 하치스카 후작 저택의 메밀잣밤나무 등등 번거로우니 일일이 꼽지 않겠다.

지도

　박쥐우산을 지팡이 삼아 히요리게다를 딸깍거리며 거리를
걸을 때마다 나는 휴대하기 좋은 가에이시대(1848~1854) 에도
지도를 항상 품에 넣고 다닌다. 그렇다고 요즘 석판인쇄로 찍어
내는 도쿄지도가 싫어 일부러 옛날 목판지도를 즐기는 건 아니
다. 히요리게다 끌고 걷는 거리 모습을 옛 지도와 비교하노라면,
크게 애쓰지 않고도 오래전 에도와 오늘날 도쿄를 눈앞에서 직
접 대조할 수 있어서다.

　예를 들어 우시고메 벤텐초 부근은 도로를 넓히면서 요사
이 정경이 완전히 달라졌다. 그런데 뒷골목 개울에 지금은 이름

으로만 남은 네고로바시라는 다리와 에도지도를 비교해 걷다가 이 부근에 네고로구미도신(根来組同心 에도시대 막부의 소단위 조직 모임)의 저택이 있었단 사실을 알게 되었다. 나는 역사상 대발견이라도 한 듯 공연히 기분이 좋아졌다. 그러한 아둔하고 무익한 재미 외에도 옛 지도의 편리성은 또 있다. 철 따라 눈, 달, 꽃의 절경을 즐길 수 있는 명소와 절, 신사의 위치가 한눈에 들어오게끔 색칠되어 있을 뿐만 아니라 안내책자처럼 여기서부터 어디어디까지 대략 얼마쯤 가면 정원수 가게가 많다든지 하는 설명도 달려 있다.

도쿄지도 가운데 정밀성과 정확성으로 치자면 육지측량부(지형을 측량하고 관리하던 국가기관)에서 만든 지도를 뛰어넘는 것은 없으리라. 하지만 이런 지도는 들여다본다한들 아무런 감흥도 생기지 않고 풍경이 어떠한지조차 상상할 수가 없다. 토지의 높낮이를 표시하는 지네 다리 같은 부호와 몇만 분의 일 어쩌고 하는 척도만 내세우다보니, 오히려 순간순간 재치 있게 대응하는 자유를 잃어버려 보는 이로 하여금 그저 번잡하다는 생각만 들게 한다.

에도지도로 말할 것 같으면 다소 부정확하긴 하지만, 우에노와 같이 벚꽃이 피는 곳에는 자유롭게 벚꽃을, 야나기하라처럼 버드나무가 있는 곳에는 버드나무 실가지를, 멀리 닛코나 쓰쿠바의 산들을 조망할 수 있는 아스카 산에는 구름 저편에 산을 그려 넣었다. 그때그때 상황에 맞게 다양한 제작 방식을 아우르며 흥미진진하게 지도로서의 요령을 갖춘 것이다. 이런 점에서 에도지도가 다소 부정확하다곤 해도 도쿄의 정확한 신식 지도보다 훨씬 더 직감적이고 또 인상적인 방법으로 만들어졌다고 볼 수 있다. 현대 서양식 제도는 정치, 법률, 교육 등 모든 면에서 이러하다. 현대 재판 제도는 도쿄지도의 번잡함과 같고, 오오카 에치젠(大岡越前 명판관으로 알려진 옛 에치젠 국의 태수)의 분별력은 에도지도와 같다. 도쿄지도가 기하학이라면, 에도지도는 무늬와 같다 할 수 있겠다.

그러니 에도지도는 히요리게다 박쥐우산과 함께 나의 산책길에 없어서는 안 될 길동무다. 에도지도를 따라 낯선 뒷골목을 걷다 보면 내 몸이 저절로 옛 시대로 들어선 듯한 착각에 빠진다. 실제로 오늘날 도쿄를 걷고자 한다면 이런저런 무리한 방법을 써가며 조금이라도 흥밋거리를 자아내지 않으면 안 된다. 수려한 경치, 장엄한 건축 앞에서 황홀경에 빠져 꼼짝할 수 없게 되는 경우가 아니라면 말이다. 그렇지 않고서야 아무리 무료하고 한가한 신세라 해도 오늘날 도쿄는 정말이지 산책이란 걸 할 만한 도시가 아니지 않은가.

서양 문학에서 가져온 수입 사상에 의지해, 예를 들면 긴자 모퉁이의 라이온(당시 긴자를 대표하던 카페)은 금세 파리의 카페를 흉내 내고 제국극장은 오페라하우스를 본뜨는 등 억지를 부려가며 도쿄를 함부로 서양식으로 꾸며대는데, 이런 행위가 어떤 이들에게는 유익하고 흥미로울지도 모르겠다. 하지만 현대 일본의 서양식 가짜 문명이 모리나가의 양과자나 여배우의 댄스처럼 무미건조하고 졸렬하다고 느끼는 이들은, 도쿄라는 도시가 지닌 감흥이 모름지기 예스럽고 퇴보적인 것에 있다 여길 터다. 우리는 이치가야 외호 매립공사를 보면서 장래에 얼마만큼 새로운 미적 감각이 탄생할지 예측할 수 없으나, 외호에 연꽃 향기가 그윽하게 풍기던 옛날을 애석한 마음으로 떠올릴 뿐이다.

요쓰야 성문을 빠져나와 구불구불한 외호 둑을 따라 걷다 보면 혼무라초 언덕 위 길모퉁이 즈음부터 지세가 차츰 낮아지면서 이치가야, 우시고메를 지나 멀리 고이시카와 고지대까지 바라다 보인다. 나는 이 경치를 도쿄 내 가장 아름다운 명소로 손꼽는다. 이치가야하치만구의 벚꽃이 빨리도 지고 차노키이나리 신사의 차나무 산울타리가 무성하게 뻗을 즈음, 둔덕을 따라 난 길을 걸으며 우시고메, 고이시카 고지대 나무들의 싱그러운 새잎과 우듬지 그리고 초여름 구름이 한들한들 시원하게 흘러가는 하늘을 올려다볼 때…… 나는 문득 야마노테 일대를 중심으로 에도 교카가 발흥한 덴메이시대(1781~1789)의 풍류가 떠오른다. 『교카 만담집狂歌才藏集』 여름 편을 보자.

초여름   바바 긴라치
꽃은 모두 무즙이 되어 젖고
가다랑어 닮은 오늘 아침 길게 누운 구름

신록   기노 미지카

꽃 핀 산 향기 주머니 봄이 지나고
푸른 잎만 가득 우거지누나

철 따라 옷 갈아입네   지교 가타마루

여름 오니 옷 속에서 솜을 빼고
소맷자락에 남은 건 봄날 꽃종이

　　에도가 막 도쿄로 명칭이 바뀐 무렵 만들어진 도쿄지도
역시 에도지도와 마찬가지로 나의 히요리게다 산책에 흥미를
더해준다. 나는 고이시카와에 있는 아버지 집 문패에 제4대구
제 몇 소구 무슨 마을 몇 번지라고 쓰인 주소를 기억한다. 도쿄
가 지금처럼 15구區 6군郡으로 구획된 것은 마침 내가 태어난 무
렵이다. 그전까지는 11개 대구大區로 나뉘어 있었다. 나는 류호
쿠의 수필이나 요시이쿠의 니시키에, 기요치카의 명소 그림과
도쿄지도를 함께 견주어보며 틈틈이 메이지 초 혼란스럽던 새
시대의 감각을 맛본다.
　　거리를 산책하면서 메이지시대 도쿄지도를 펼쳐보니 도처
의 중심지에 있던 다이묘(大名 각지의 번藩을 다스리던 번주藩主) 저
택은 대개 육해군의 소유지가 된 지 오래다. 시타야에 있는 사
타케 저택은 훈련장이 되었고, 이치가야 도쓰카무라에 있는 비
슈 후작 저택이나 고이시카와에 있는 미토 번 관저도 우리가 익

히 알고 있듯 육군 관할 구역이 되었다. 명성이 자자하던 정원들도 마구 짓밟히며 하나하나 사라져가는 실정이다. 대포슈(鉄砲洲 오늘날 도쿄 주오 구 동부의 에도시대 지역명)에 있는 시라카와 라쿠오 공 별택의 요쿠온엔은 고이시카와의 고라쿠엔과 함께 에도의 유명한 정원 가운데 하나로 꼽혔다. 그러나 지금은 해군성 군인이 왁자지껄 모여 술을 마시는 구락부(倶楽部) 비슷한 곳으로 전락해버렸다.

에도지도에서 눈을 돌려 도쿄지도를 보면 누구나 프랑스 혁명사를 읽는 듯한 감상에 젖으리라. 때가 때인 만큼 우리는 그보다 더 깊은 감개에 잠길지도 모른다. 프랑스 시민은 정변을 일으키더라도 베르사유나 루브르 같은 국민적인 예술 건축물을 간단히 부숴버리는 경솔한 짓은 하지 않았다. 현대 관료 교육은 공자와 맹자의 가르침을 존중하고 충효인의의 도(道)를 가르친다고 들었다. 오차노미즈를 지날 때마다 '앙고(仰高 올바른 생의 창조를 위해 드높은 이상을 향해 나아간다)'란 두 글자를 내건 다이세이덴(大成殿 공자를 기리는 사당) 정문을 올려다보면, 기와는 떨어지고 잡초는 뽑지 않은 채 비바람이 파괴하는 대로 내버려둔 황량한 모습이 눈에 들어온다. 더구나 세상 사람들은 이를 전혀 이상히 여기지 않으니 우리는 그저 어안이 벙벙할 뿐이다.

절

　　지팡이 대신 박쥐우산과 함께 산책할 때 꼭 챙기는 길잡
이 에도지도를 펼쳐보면, 에도 동서남북 여기저기 절과 신사가
많이 흩어져 있음을 알 수 있다. 에도 도시에서 제후 관저와 무
사 저택, 절과 신사를 빼면 남는 면적이 거의 없을 정도리라. 메
이지 초기에 신불神仏을 확실히 구별한 이래 도시개발을 위해 절
을 철거하는 경우가 적지 않다(일본에는 전통신앙 신도神道와 불교
를 합쳐 절과 신사, 부처와 신을 구분하지 않던 관습이 있었으나, 메이
지 정부는 이를 폐지하려고 신도를 국교화하고 신불분리령을 선포했
다). 그럼에도 절은 여전히 어디라 할 것 없이 곳곳에 있다. 언

덕 위나 벼랑 아래, 강가 다리 옆에도 절 문과 불당 지붕이 하늘 높이 솟아 있다. 큰 절 주변을 닷츄^{塔中} 혹은 지츄^{寺中}라 하는데, 그 근방에 작은 절이 몇 채나 이어져 마을 이름마저 데라마치^{寺町}라 했다. 시타야, 아사쿠사, 우시고메, 요쓰야, 시바를 비롯한 여러 지역에 데라마치가 있다. 목적 없이 산책을 하다 보면 나도 모르게 히요리게다를 끌고 절이 많은 마을 쪽으로 향하게 된다.

우에노 절 간에이지 누각은 일찍이 전쟁으로 불탔고, 시바 절 조조지 본당도 세 번이나 화재로 재난을 맞았다. 야나카 절 덴노지는 살짝 기울어진 오중탑만이 예전 명성을 유지할 뿐이다. 혼조 절 라칸지 불당인 사자에도도 이미 황폐하다. 다행히 그 안에 있던 오백 아라한(五百の羅漢 석가모니 교리 전파를 위해 모인 오백 명의 수행자)은 따로 옮겨진 덕에 오늘날 메구로의 절에서 만나볼 수 있다. 요즘 도쿄 절 가운데 장대하고 아름답기로 사람들의 눈을 현혹시킬 만한 데는 고작 아사쿠사 간논도와 오토와 고코쿠지 정문 외 두세 군데뿐이다. 이런 마당이니 도쿄에 역사적 미술적으로 흥미를 자아내는 절이 있을 턱이 없다.

나는 도쿄 내 절을 차례차례 탐방하려는 것도 아니고, 사람들이 모르는 절을 일부러 찾아내려는 것도 아니다. 그저 오래되고 초라한 작은 집들이 늘어선 골목길을 빠져나갈 때, 문득 길가에 거의 무너져가는 절 문을 발견하면 '아아, 이런 곳에 절이 있었구나!' 싶어 슬쩍 절 문 밖에서 경내를 들여다본다. 온통 푸른 이끼로 뒤덮인 절 내부나 오래된 연못에 자란 무성한 수초의 꽃을 보면 왠지 흐뭇하다. 그걸 말하고 싶을 뿐이다. 교토나 가마쿠라 근처 이름 높은 절 구경과는 달리, 도쿄 곳곳에 산재한 별 볼 일 없는 절 찾기는 또 다른 매력이 있다. 단순히 절의 건축이나 역사에서 풍기는 매력이 아니라, 흡사 소설 속 풍경묘사나 연극 무대장치를 보며 느껴지는 흥미로움과 비슷하다. 혼조나 후카가와 부근 수로를 산책하다 보면, 저녁나절 밀려든 물이 나지막한 언덕과 도로까지 차올라 짐배나 분뇨선의 거적 덮개가 가난한 집들 지붕보다 더 높게 보인다. 그때 문득 저 멀리 외연하게 솟아오른 절 지붕을 바라다보면 간간이 모쿠아미가 그린 극중 배경이 떠오른다. 아사쿠사, 시타야 부근도 시궁창 냄새 나는 수로와 썩은 나무다리, 분뇨선이나 쓰레기선, 칸막이 연립주택 따위로 이루어진 음산한 광경 속에서 절 지붕을 바라보며 목탁 치는 소리나 종소리를 들을 수 있기는 마찬가지다.

나는 지금 근대의 사회문제는 완전히 배제하고, 오로지 회화적 시적 측면으로만 이 빈약하기 그지없는 마을을 보고 있다. 도쿄의 빈민굴은 런던이나 뉴욕의 서양 빈민굴과 같이 참혹하면서도 뭐라 말할 수 없는 정적인 분위기가 감돈다. 다만 후카가와 오나기 강에서 사루에 근방의 공장촌은 공장 건축물과 무수한 굴뚝에서 뿜어져 나오는 연기와 끊임없이 돌아가는 기계 진동 탓에 다소 여유 없고 메마른 서양풍 광경이 돼버렸다.

그러나 이번에 다른 지역의 가난한 마을을 엿보니, 변두리 골목 길이나 마을 뒷길에 불교적 미신을 바탕으로 한 에도시대 음지의 생활이 있다. 게으르며 무책임한 우민을 지치게 만드는 서글픈 인고의 생활이 있다.

요즘 일부 정치가나 신문기자는 각자 몸담은 당파 세력을 넓히고자 뒷골목에까지 인권문제나 복음을 서둘러 강요하는 모습이다. 이런 판국이니 몇 년 뒤에는 골목길 뒤 공용 수도꼭지 근처에서 법경 읽을 때 들려오는 북소리나 백만 번 염불 외는 소리가 깡그리 사라지고, 인권문제와 노동문제를 외치는 떠들썩한 연설만 들려오리라. 다행인지 불행인지 아직 완전히 문명화되지 않은 뒷골목 공터에는 가끔씩 굿을 하는 무녀의 노랫소리가 들려온다. 기요모토도 들린다. 백중날 등롱이나 조상의 혼백을 영접하려 피운 불에서 나는 연기도 보인다. 에도의 전제정치시대에서 물려받은 덧없고 쓸쓸한 체념의 정신수양은 차차 신시대 교육으로 인해 소멸되었다. 공연히 각성과 반항의 새 공기에 도취되다가 결국은 진짜 비참한 하층사회 생활로 접어드는 게 아닐까. 정치가와 신문기자는 자기 욕심을 충분히 채우게 되겠지. 약자에게 이익이 되는 시대가 언제 있기는 했는가. 약자가 스스로의 약함을 잊고 가볍고 경솔한 시대의 외침에 현혹되는 것이야말로 옆에서 보기에 애처로운 일이다.

내가 오래된 절과 황량한 무덤가, 그 부근 뒷골목의 초라한 광경을 즐기게 된 건 그저 개인적인 취향 때문만은 아니다.

나는 에도 전제정치시대의 미신과 무지를 전승한 그들의 생활 외형을 우리 정신수양의 도구로 삼고자 한다. 실제로 나는 시타야, 아사쿠사, 혼조, 후카가와 주변 옛 절이 많은 도랑 옆 마을을 빠져나올 때마다 보고 듣는 모든 것에서 많은 교훈과 감흥을 얻는다. 나날이 발전하는 근대 의학의 효험을 믿지 않는 것은 결코 아니다. 전기치료나 라듐 광선의 힘도 신용한다.

그러나 비위생적인 뒷골목에 사는 사람들이 여전히 미신과 탕약에 의지해 세상은 덧없는 꿈이라며 생명을 간단히 체념하는 모습을 떠올리면, 의학이 진보하지 않았던 시대의 사람들이 병고와 재난을 태연히 받아들이고 간명하게 살았던 모습에 깊은 경외심이 인다. 무릇 근대인이 기뻐 환호하는 '편리'라 부르는 것만큼 의미 없는 것은 없으리라. 도쿄의 서생이 미국인인 양 편리하다고 만년필을 사용하기 시작한 이래 문학이든 과학이든 진정한 진보가 있기는 있었는가. 전차와 자동차는 도쿄 시민들이 시간을 절약하는 데 기여하고 있는가.

나는 시타마치의 절과 부근 뒷골목을 즐겨 찾아 걷지만, 야마노테의 언덕길에서 만나는 절 또한 결코 등한시하지는 않는다. 야마노테 언덕길은 가끔씩 그 기슭에 솟아 있는 절 지붕이나 나무와 어우러져 한 폭의 그림을 만들어낸다. 그런 절 지붕을 바라보는 것만큼 유쾌한 일은 없다. 괴이한 도깨비기와를 기점으로 마치 물줄기가 분류하듯 경사진 절 기와지붕은, 밑에서 올려다봐도 위에서 내려다봐도 매번 말할 수 없이 상쾌하다.

근래 일본인들은 토목공사를 벌이면서 열심히 서구 각국 건축물을 모방하려 드는데, 내 눈에는 절 지붕을 올려다볼 때만큼 웅대한 미적 감각은 느껴지지 않는다. 새 시대 건축에 대한 우리의 실망은 비단 건축양식에만 그치지 않는다. 건축물은 주변 풍경이나 나무와 조화를 이루지 못한다. 현대인이 즐겨 사용하는 벽돌의 붉은색은 소나무, 삼나무 같은 식물의 진하고 강렬한 녹색과 정열적 광선을 지닌 일본 고유의 남색 하늘과 영원히 조화를 이루지 못하리라.

일본의 자연은 대단히 강렬한 색채를 지닌다. 이를 페인트나 붉은 벽돌 색채로 대신하려는 짓은 너무도 무모하다. 절 지붕과 차양과 복도를 한번 보라. 일본의 절 건축은 산과 강과 마을과 도시, 어딜 가든 주변 나무와 하늘 빛깔과 조화를 이루며 특색 있는 풍경미를 자아낸다. 일본 풍경과 절 건축은 서로 어우러져 있어, 따로 떨어진 모습을 생각하기 어려울 정도로 조화롭다. 교토, 우지, 나라, 미야지마, 닛코 등의 절과 신사가 풍경과 어떤 관계를 맺는지는 일본 여행자들의 몫으로 맡겨두고, 난 그리 자랑할 것이 못되는 이곳 도쿄 시내를 살펴보겠다.

시노바즈 연못 위에 자리한 벤텐도와 돌다리는 우에노 산을 뒤덮은 삼나무, 소나무 혹은 연못 수면에 가득 핀 연꽃과 얼마나 잘 조화를 이루는가. 이러한 초목과 풍경을 앞에 두고 일부러 서양식 건축물과 교각을 짓고는 연꽃, 잉어, 새끼거북 등을 위에서 태연히 바라보는 현대인의 심리를 도무지 납득할 수 없다. 아사쿠사 절 간논도와 경내의 늙은 은행나무, 우에노 절 기요미즈도와 봄날 벚꽃이며 가을날 낙엽이 대조를 이루는 풍경 또한 일본 고유의 식물이 건축물과 조화를 이루는 예다.

본디 건축은 사람이 만드는 것이니 풍토 기후가 어떠하든 아시아 땅에 유럽의 탑을 짓는다 해도 별 문제가 없겠지만, 천연 식물은 사람의 뜻대로 함부로 옮겨 심을 수가 없다. 말 못하는 식물이 세상 어떤 예술가나 철학자보다도 자기 자신을 훨씬 잘 안다. 일본인이 이 땅에서 자라는 고유 식물에 대해 최소한의 심오한 애정이라도 갖고 있다면, 아무리 서양문명을 모방한다 할지라도 오늘날처럼 고국의 풍경과 건축을 함부로 훼손하지는 않았을 것이다. 전선을 잇는 데 불편하다는 이유로 아무 거리낌 없이 길가의 나무를 베고, 사랑받아온 풍광이든 유서 깊은 나무든 전혀 개의치 않고 붉은 벽돌집을 높다랗게 지어버리는 오늘날 작태는 실로 자국의 특색과 예부터 계승해온 문명을 뿌리부터 파괴하는 난폭한 행위다. 이런 난폭한 행위로 인하여 일본이 비로소 20세기의 강국이 됐다고 한다면, 이는 외관상 강국에 불과하며 존중할 만한 일본의 내면을 완전히 희생시킨 꼴이라 하겠다.

나는 우에노 박물관 정문으로 들어설 때마다 신기하게도 효케이칸(表慶館 우에노 박물관 내 메이지 서양건축을 대표하는 건물, 일본 최초의 미술관) 옆에서 여명을 부지한 노송과 붉은 벽돌 건축물을 대조하며, 이것이 진정 일본의 귀중한 고미술품을 모아

둔 보물창고인가 하는 기이한 감정이 솟구친다. 니혼바시 대로
에서 미쓰이나 미쓰코시를 비롯해 주변에 경쟁적으로 들어선
미국식 고층 상점을 바라볼 때마다, 만약 도쿄의 실업가가 니혼
바시를 스루가초라는 명칭으로 부르는 이유를 알고 그 전설에
흥미를 느꼈더라면(스루가駿河는 후지 산이 있는 시즈오카 현의 옛 명
칭. 니혼바시에서 후지 산이 보였기에 마치 같은 마을에 있는 것 같다
하여 스루가초라 했다), 이 번화한 거리에도 맑은 날 푸른 하늘 멀
리 후지 산이 바라보이던 오래전 풍광을 조금이라도 보존시켰
을 거라는 어리석은 생각을 해본다.

　나는 눈 내린 아침이나 달 뜬 밤 외호 둔덕에 남겨진 소나
무를 바라보며, 이것이 오늘날 남겨진 최고의 거리 풍경일 거라
여기며 기뻐한다. 그러면서도 최근 요쓰야 성문 안쪽에 신축된
크고 붉은 크리스천 학교를 마음 깊이 미워하지 않을 수 없다.
일상 속에서 거리의 부조화만 보다가 그나마 시내에 남겨진 절
과 신사를 방문하니 그곳의 당우堂宇가 아무리 시시하고 경내가
좁다 할지라도 마음에 무한한 위안이 된다.

　내가 거리의 절이나 신사에서 가장 그윽한 정취를 느낄 때
는, 경내로 들어가 가까이서 본당 건축물을 올려다볼 때가 아
니다. 길가의 문을 빠져나와 기다란 돌길에서 멀리 경내의 나
무와 본당 종각의 지붕, 그 앞에 솟은 중문 혹은 정문을 조용
히 바라볼 때다. 아사쿠사 간논도를 예로 들자면, 가미나리몬
은 이미 불타버렸지만 지금 남은 니오몬(二王門 센소지의 정문인 호

조몬의 별칭)을 중앙 상점가 돌길에서 바라볼 때와 같은 광경이다. 혹은 아자부의 히로오바시 끝에 서서 한 길쯤 벗어난 쇼운지 문을 볼 때, 시바의 다이몬 주변에서 길 양쪽에 절들의 기와지붕이 잇달아 늘어선 곳 너머 붉은 칠을 한 누각을 바라볼 때와 같은 광경이다. 일본 건축의 원경은 서양에서 본 파리 개선문이나 그 밖의 조망과 비교하면, 기후와 광선의 관계 때문인지 왠지 모르게 평평해 보인다. 우타가와 도요하루 같은 작가가 그린 우키에(浮繪 우키요에의 한 형식, 서구의 투시화법을 이용해 원근법을 강조한 색도판화) 원경 목판화는 이런 일본의 감정을 참으로 잘 표현했다.

나는 적당한 거리에서 절 문을 조망함과 동시에 가까이 다가가 열린 대문 안으로 절 문을 액자 삼아 경내를 들여다본다. 혹은 절 안으로 들어가 경내에서 문밖을 되돌아보는 풍경에 정취를 느낀다. 이미 나의 졸저 『오쿠보 소식大窪だより』과 그 밖의 글에서 절 입구에서 안팎을 바라보는 경치가 가장 흥미로운 곳은 아사쿠사 니오몬과 즈이진몬(隨身門 센소지의 동문인 니텐몬의 별칭)이라 밝혔으니, 이곳의 재미를 되풀이해 이야기할 필요는 없으리라.

절 문은 이렇듯 본당 건물과 반드시 적당한 거리를 두고, 경내로 들어서는 이들이 본당을 바라보며 스스로 경건한 마음을 불러일으킬 수 있도록 지어졌다. 흡사 서양 관현악의 서곡과 같은 역할이다. 먼저 정문이 있고 다음 중문이 있으며 그 뒤 그

욱하고 고요한 경내가 있어 이윽고 본당이 펼쳐진다. 신사를 봐도 먼저 도리이(鳥居 신사 입구에 세운 기둥문)가 있고 그다음 누각을 지나야 드디어 주요 신전에 다다른다. 다들 어느 정도 거리를 두고 지어져 있다. 거리가 있어야 비로소 일본 절과 신사의 위엄이 지켜진다. 절과 신사의 건축을 미술적 측면에서 연구하려면, 단독으로 건축을 보기에 앞서 넓은 경내 대지 전체의 설계 및 지세를 관찰해야 한다. 이는 이미 루이 공스나 가스통 미종 같은 프랑스인 일본미술연구가와 여행자가 논했듯 일본 절이 서양과 다른 이유다.

서양 성당은 대개 단독으로 길가에 우뚝 솟아 있다. 일본 절은 아무리 작은 절이라 할지라도 모두 문을 갖추고 있다. 시바에 있는 조조지 누문이 예전처럼 멋스러워 보이려면 문 앞에 소나무가 빽빽이 늘어선 넓은 벌판이 반드시 필요하리라. 고지마치에 있는 히에 신사 정문이 그토록 그윽하고 고요한 이유를 알고 싶다면 주변에 있는 삼나무 가로수뿐만 아니라 앞쪽에 높은 돌단의 유무를 생각하지 않을 수 없다. 일본의 절과 신사는 건축이며 지세며 나무가 모두 어우러진 복잡한 종합예술이다. 만약 경내 노목이 한 그루라도 말라죽는다면 전체적인 조화를 파손시켜 쉽사리 수복시키기 어렵다. 나는 이 논법을 좀 더 나아가 교토나 나라와 같은 시가지에도 접목시키고 싶다. 귀중한 옛 절과 신사가 미술적 효과를 거두려면 거리 전체를 폭넓게 절의 내부라 생각하고 다루어야 한다. 가령 정거장, 여관, 관청,

학교 같은 건축물을 시내에 지을 때도 거리에 생명을 불어넣는 옛 절과 신사의 멋과 역사에 흠집이 나지 않도록 대단히 신중하게 주의를 기울여야 한다.

　그러나 요즘 교토의 도로나 주택가, 교각의 개축공사는 이러한 뜻에서 완전히 벗어나 있다. 일본이 아무리 빈국貧國이라 해도 교토와 나라, 이 두 고도古都만 그대로 보존한다면, 새로 영토 개척에 힘을 쏟는 것보다야 나라 전체의 상공업 면에서도 손해가 되지는 않을 터다. 악착같이 눈앞 이익만을 추구해 세계에 둘도 없는 자국의 보물이 얼마나 값어치 있는지 따져볼 여유조차 없으니, 소국인의 면모를 여실히 드러내는 사례가 아닐 수 없다. 늘 입버릇처럼 하는 얘기지만 또 나도 모르게 주제를 벗어나 넋두리를 하고 말았다. 세상일이야 어떻든 저 가고 싶은 대로 가게 놔두고, 나는 내 마음 가는 대로 그저 홀로 게다 끌며 말없이 뒷골목을 거닐 뿐이다. 의견 다툼 따위는 관두련다. 여러분도 지루하실 테니.

물 그리고 나룻배

프랑스인 에밀 맨유의 저서 『도시미론都市美論』이 얼마나 흥미로운지는 나의 수필 『오쿠보 소식』에 밝힌 바 있다. 에밀 맨유는 도시가 지닌 물의 아름다움을 논하는 장에서 널리 세계 각국의 도시가 하천이나 강만과 어떤 심미적 관계가 있는지, 나아가 운하, 늪지, 분수, 교각과의 관련성까지 세세히 짚었다. 아울러 추가로 강물에 비치는 가로등의 아름다움까지 논했다.

도쿄 시내와 물의 심미적 관계를 고찰해보면 물은 에도시대부터 오늘날까지 도쿄의 미관을 지켜주는 가장 귀중한 요소임에 틀림없다. 육로 운송편이 없던 에도시대에는 천연 하천인

스미다 강과 여기로 이어지는 운하 몇 줄기가 그야말로 에도 상업의 젖줄이었다. 한편으론 봄가을 도시 주민들에게 오락거리를 제공한 덕에 때때로 불후의 시와 그림을 남기게 했다. 그러나 오늘날 도쿄 시내의 물줄기는 단순히 운송을 위한 도구로 전락했고, 탐미적 가치를 완전히 상실한 지 오래다.

스미다 강은 말할 것도 없고 오차노미즈의 간다 강, 혼조의 다테 강을 비롯한 시내의 물줄기는 이제 현대의 우리에게 옛 사람이 즐기던 풍류를 허락하지 않는다. 놀잇배를 타고 골짜기를 누비며 야나기시마에서 놀고 후카가와에서 장난치거나 낚시를 하고 그물망을 치며 여가시간을 보내는 즐거움 역시 사라졌다. 오늘날 스미다 강은 파리의 센 강처럼 미려한 감정을 불러일으키지 않고 뉴욕의 허드슨 강, 런던의 템즈 강처럼 부국의 장관을 연상시키지 않는다. 도쿄 시내 물줄기는 시나가와의 도쿄 만과 마찬가지로 그다지 아름답지도, 크지도, 번화하지도 않으니 실로 애매모호하고 시시한 경관에 불과하다. 그럼에도 불구하고 오늘날 도쿄 산책에서 비교적 흥미를 자아내는 것은, 역시 물이 흐르고 배가 떠다니며 다리가 놓인 풍경이다.

우선 도쿄의 물은 다음과 같이 구별할 수 있다. 첫째 시나가와의 바다 만, 둘째 스미다 강과 나카 강, 로쿠고 강과 같은 자연 하천, 셋째 고이시카와의 에도 강(에도시대 때 고이시카와 부근을 지나는 간다 강 일부를 부르던 이름), 간다의 간다 강, 오지의 오토나시 강과 같은 작은 시내, 넷째 혼조, 후카가와, 니혼바시,

교바시, 시타야, 아사쿠사 등 시내 번화가를 가로지르는 순수한 운하, 다섯째 시바의 사쿠라(桜 벚꽃) 강, 네즈의 아이소메(逢初 첫만남) 강, 아자부의 후루(古 옛날) 강, 시타야의 시노부(忍 남몰래) 강과 같이 이름만 예쁜 배수 도랑 혹은 하수, 여섯째 에도 성을 둘러싸고 이중 삼중으로 파놓은 해자, 일곱째 우에노의 시노바즈, 쓰노하즈의 주니소와 같은 연못이다. 우물은 에도시대 미야케자카 옆 벚나무 우물, 시미즈다니의 버드나무 우물, 유시마텐진의 복 우물 등 옛 에도 명소도 많았지만, 도쿄가 된 후론 세상 사람들의 기억 속에서 완전히 사라져 지금은 위치마저 모르게 됐다.

자세히 들여다보면 도쿄는 바다와 강, 수로와 도랑과 같이 물의 변화—가령 유유히 흐르는 물 혹은 움직이지 않고 고여서 죽어버린 물 등등—가 매우 많은 도시다. 먼저 시나가와의 바다만을 보자면 여긴 요즘 항구 건설 대공사가 한창이라 앞으로 어떤 광경을 드러낼지 지금으로선 예측조차 할 수 없다. 예전부터 우리에게 익숙한 시나가와 앞바다는 보슈(房州 도쿄 만을 감싸는 지바 현 보소반도 남부)를 오가는 증기선과 둥그스름한 너벅선을 잡아끄는 배가 간간이 오갈 뿐 도쿄라는 대도시의 번영과는 이렇다 할 연관이 없는 진펄이다. 썰물 때 드러난 갯벌은 눈길 닿는 데까지 끝없이 이어지고, 해안에는 헌 게다짝과 숯가마, 갯강구가 우글우글 몰려드는 작은 사발이나 깨진 밥그릇 조각뿐. 때때로 사람들이 들통을 들고 지저분한 하수구 같은 늪지대를 파내며 갯지렁이를 잡기도 한다. 먼 바다에는 이쪽저쪽에 수로표나 나무더미가 우뚝 솟아 있다. 해안에선 이마저 쓰레기처럼 보이니, 그 앞을 떠다니는 조개잡이 배나 김을 채취하는 작은 배도 지금은 그저 옛 에도를 그리워하는 사람들 눈에나 얼마간 흥취를 불러일으킬 뿐이다.

이렇게 현대 수도로 보자면 실용성도 장식성도 없어 아무런 쓸모없는 시나가와 만 풍경은, 야쓰야마 구릉 먼 바다에 떠 있는 역시나 쓸모없는 오다이바와 더불어 그야말로 지나간 시대의 유물처럼 버려져 쓸쓸한 정취를 돋운다. 날이 좋을 때면 흰 돛과 뜬 구름과 함께 멀리 아와 국(安房国 보소반도 남부의 옛 명칭), 가즈사 국(上総国 보소반도 북부의 옛 명칭)의 산들이 내다보이는데, 오늘날 도시인에게는 그 유명한 하나카와도 스케로쿠(花川戸助六 가부키에 등장하는 에도시대 협객)가 무대에서 반복해 읊어댄 것과 같은 청량감은 주지 않는다. 시나가와 만의 흥미로운 경치는 시대 흐름과 함께 자취도 없이 사라졌고, 이를 대신할 새롭고 멋스러운 경치는 아직 없는 실정이다.

시바우라의 달맞이나 다카나와의 음력 23일 밤 달맞이는 이미 세상에서 사라진 지 오래다. 미나미시나가와의 풍류를 전하던 누각도 지금은 그저 불결한 유곽에 불과하다. 메이지 27, 28년(1894, 1895) 무렵, 에미 스이인시가 이 지역 창부를 소재로 그린 소설 『기생 시미즈泥水清水』는 당시 겐유샤(硯友社 메이지시대 문학의 중심이 된 작가 모임) 문단의 걸작으로 평가받았다. 지금 돌이켜보면 벌써 머나먼 옛 시절 이야기라는 기분이 들어마지 않는다.

시나가와 풍경은 버려졌지만, 화물선 돛대와 공장 굴뚝이 밀집한 스미다 강 하구 풍경은 이따금 서양만화에서 보는 색다른 멋을 자아낸다. 이는 의외로 어떤 부류의 시인을 오랫 동안 즐겁게 할 수도 있으리라. 기노시타 모쿠타로, 기타하라 하쿠슈와 같은 시인이 어느 시기에 쓴 시는 쓰키지의 옛날 외국인 거주지에서 쓰키시마 에이타이바시 부근에 이르는 생활과 풍경에 감흥을 받은 부분이 적지 않다. 이시카와지마의 공장 앞에 배가 몇 척이나 정박해 있었는데, 이런 다양한 일본풍 화물선이나 서양식 대형범선을 보면 절로 특별한 시상이 떠오른다.

나는 에이타이바시를 건너며 강어귀에 약동하는 광경을 접할 때마다 알퐁스 도데가 센 강을 오가며 화물선 생활을 그린 애처로운 단편 「라 벨 니베르네즈」가 생각난다. 에이타이바시에는 이미 옛 다쓰미(辰巳 에도 후카가와의 유곽)를 떠올리게 하는 것은 아무것도 남아 있지 않다. 하지만 에이타이바시 철교가 아즈마바시나 료고쿠바시만큼 흉하다고 생각지는 않는다. 이 새로운 철교는 새로운 하구 풍경에 잘 들어맞는다.

내가 열대여섯 살 무렵의 일이다. 에이타이바시 아래에 상선학교 연습용 배로 쓰는 옛 막부 군함이 썩어가는 채로 묶여 있었다. 나는 중학 동급생들과 아사쿠사바시의 선박업소에서 작은 배를 빌려 노 저어 다니며 강에 정박한 서양식 범선을 구경하다가 무서운 얼굴을 한 선장에게 야자수를 가득 얻어온 적이 있다. 그때 우리는 선장이 이 작은 서양식 범선을 조종해 멀리 적도 부근 해역까지 항해한다는 이야기를 듣고, 로빈슨의 모험담을 읽는 듯한 기분에 사로잡혀 우리도 어떻게든 해서 저렇게 용맹한 항해자가 되자고 다짐했다.

또 그즈음의 이야기다. 쓰키지 강가의 선박업소에서 노가 네 개 달린 보트를 빌려 멀리 센주까지 노 저어 올라갔다가 돌아올 때 썰물에 떠밀려 쓰쿠다지마 바로 앞까지 내려갔다. 그 순간 저쪽에서 돛을 올리고 다가오던 커다란 목조선과 충돌했다. 다행히 다친 사람은 없었지만, 빌린 보트 뱃머리가 산산조각 나버린 데다 노마저 한 개 부러뜨리고 말았다. 일행 모두 독립하지 못하여 부모님에게 의지하고 있었고 뱃놀이도 집에는 비밀로 했기에, 만약 선박업소가 파손 변상금을 청구하면 큰일이었다. 대책을 마련하려고 쓰쿠다지마 모래 위에 보트를 대놓고 들어온 물을 퍼내며 상의한 끝에, 이대로 어둠이 내리면 선박 업소가 있는 부두에 배를 댄 뒤 업소 주인이 뱃전의 파손을 눈치 못 챈 사이에 쏜살같이 도망가기로 했다. 우리 일행은 하마고텐 돌담 밑까지 잠입한 후 배고픔을 참으며 수면 위가 완전히 어두워지길 기다렸다. 그리고 업소 주인이 부두로 올라가자마자 가게에 맡겨둔 물건을 빼앗듯 챙겨서 뒤도 안 보고 긴자 큰길까지 달려 나와서야 겨우 숨을 돌렸다. 그즈음 도쿄 부립 중학교가 쓰키지에 있었기에 주변 선박업소에서 고깃배 외에 보트도 빌릴 수 있었다. 하지만 요즘 쓰키지 강가를 걸어도 그 선박업소가 어디 있었는지 알 수가 없다. 겨우 20년 전 소년 시절 기억의 흔적마저 이러하니, 도쿄 시내의 급격한 변화가 그저 놀라울 따름이다.

스미다 강 하구 일대에서 가장 흥미로운 부분은 이제껏 밝혔듯 에이타이바시에서 내려다보는 풍경이다. 아즈마바시, 료고쿠바시 주변은 아직 정돈이 안 되어 에이타이바시처럼 감흥을 한데 집중시키기 어렵다. 아사노 시멘트 공장과 신오하시 건너편에 남아 있는 옛날 옛적 불조심 망루처럼, 아사쿠사쿠라마에의 전등회사와 고마타도(駒形堂 아사쿠사 센소지의 원류가 된 사당)처럼, 고쿠기칸과 엔코인 사원처럼(고쿠기칸은 현대 스모경기장인 반면 엔코인 사원은 에도시대 때 스모경기가 열린 곳), 하시바의 가스탱크와 맛사키이나리 신사의 노목처럼 공업적 근대 광경과 에도 명소의 서글픈 유적은 모두 제각각 나의 정신을 어지럽힐 뿐이다.

그러니 나는 과거와 현재, 즉 황폐와 진보의 현상이 매우 혼잡한 오늘날 스미다 강 하구보다는 후카가와 오나기 강에서 사루에 뒤편처럼 주변이 완전히 공장지대로 바뀌어 에도 명소의 흔적조차 쉽게 찾을 수 없는 곳을 골라보겠다. 스미다 강 하구는 센주에서 료고쿠에 이르기까지 요즘도 변함없이 공업의 침략이 진행 중이다. 혼조 고우메에서 오시아게 주변도 마찬가지다. 새로운 공장마을을 조망한다고 치면, 지금으로선 오히려 야나기시마의 묘켄도와 요릿집 하시모토가 눈에 거슬린다.

운하의 경치는 후카가와의 오나기 강 주변뿐만 아니라 어디가 됐든 스미다 강 양쪽 기슭에 비하면 대체로 통일감이 있다. 나카스와 하코자키초 사이에 쑥 들어간 물길을 하코자키초의 에이큐바시나 쇼부가시의 온나바시에서 바라보면 흡사 항구처럼 무수한 화물선이 부락을 이룬 모양새다. 또 황혼이 내릴 때면 밥을 짓는 연기가 일시에 피어오르는데 윤택한 마을의 정취가 이와 같으리라. 모든 도랑과 운하 가운데 가장 변화가 많고 활기찬 풍경은 이곳 나카스처럼 이쪽저쪽에서 흘러오는 가는 물줄기가 다소 넓은 물길을 중심으로 한데 모여드는 곳이다. 혹은 후카가와의 오기바시처럼 긴 수로가 서로 교차하며 십자 모양을 이루는 곳이다. 혼조 야나기하라의 신쓰지바시, 교바시 핫초보리의 시라우오바시, 레이간지마의 레이간바시 부근은 물줄기가 갈라지거나 합쳐진다. 다리는 다리와 만나고, 물길은 물길과 부딪히며, 자칫 배와 배가 부딪힐 듯하다. 니혼바시를 등지고 에도바시 위에서 수로를 바라보면 마름모꼴을 이룬 넓은 물길 한쪽에 아라메바시와 뒤이어 시안바시가 보이고 다른 한쪽에 요로이바시가 보인다. 이곳 연안의 상가와 창고, 도로와 다리가 어우러진 번화하고 혼잡한 모습은 도쿄 시내 물길 풍경 가운데 으뜸이다. 특히 연말 야경처럼 다리 위를 오가는 자동차 불빛이 강가의 가로등불과 함께 밤새 물 위에 어지러이 흔들리는 모습은 긴자 거리의 가로등보다도 월등히 아름답다.

물가 곳곳에는 선착장이 있다. 시내 생활에 흥미가 있는 사람은 선착장도 가끔 나가볼 만하다. 무더운 여름날 간다의 가마쿠라가시나 우시고메 선착장 부근 물가를 지나면 짐수레 끄는 말이 마부와 함께 강을 따라 난 커다란 버드나무 아래서 지쳐 졸고 있다. 자갈, 벽돌, 진흙을 쌓아 올려둔 곳 그늘에는 반드시 쇠고기덮밥이나 수제비를 파는 노점이 있다. 가끔은 얼음장수도 좌판을 연다. 수레꾼의 처는 뒤에서 수레를 밀며 남자와 다름없는 차림으로 부지런히 일하고, 갓난아기는 그 주위에서 마치 버려진 아기처럼 모래 위로 나가 마른 닭이 흘리고 간 먹이를 찾으려 애쓰거나 말 엉덩이에서 말똥이 떨어지길 기다린다. 이런 광경을 접할 때마다 나는 호쿠사이나 밀레가 떠올라 회화적 사실주의에 깊이 감동한다. 그리고 내게 그림 소질이 없다는 사실에 서글퍼진다.

여기까지 물길과 운하를 알아봤다. 그 밖에도 도쿄의 물에 관한 아름다움을 논하려면 여기저기서 모여든 하수가 차츰 강과 같은 흐름을 이루는 배수 도랑을 찾아가 봐야 한다. 도쿄의 도랑에는 가끔 이상할 정도로 사실과 판이하게 예쁜 이름이 붙어 있다. 시바 아타고 아래 절 세이쇼지 앞을 흐르는 하수를 예부터 '벚꽃 강'이라 부르고, 지금 완전히 매립된 간다 가지초의 하수를 '첫 만남 강'이라 부르는가 하면, 하시바 절 소센지 뒤에서 맛사키로 나오는 하수를 '마음 강', 고이시카와 절 곤고지 언덕 아래 하수를 '인삼 강'이라 부른다. 에도시대에는 이들 하수

도랑도 절 문 앞이나 다이묘 저택 벽을 따라 흐르며 사람들 눈에 띄었으니, 마을 사람들에게는 강 이름과 어울리는 특별한 감정을 전해주었는지도 모른다. 하지만 오늘날 도쿄에서는 하수가 강이라 불리는 것부터가 골계적이고 과장되게 느껴진다.

이름과 실상이 어울리지 않는 경우는 비단 하수 물길에 그치지 않는다. 에도시대 혹은 그 이전부터 전설을 계승한 도쿄 시내 곳곳 조금 낮은 땅에 천길 골짜기라도 되는 듯 지고쿠다니(地獄谷 고지마치에 있음), 센니치다니(千日谷 요쓰야 사메가바시에 있음), 가젠보가다니(我善坊ヶ谷 아자부에 있음) 같은 이름을 붙였다. 다소 높은 지형이라면 아주 험준한 산악이라도 되는 듯이 아타고 산愛宕山, 도칸 산道灌山, 마쓰치 산待乳山 등으로 불린다. 섬이 없는 곳도 야나기시마柳島, 미카와시마三河島, 무코지마向島 등으로 불리며, 숲이 없는 곳에도 가라스모리烏森, 사기노모리鷺の森와 같은 명칭이 남아 있다. 도쿄 나들이가 처음인 지방 사람들은 전차 승강장을 잘못 알거나 시내에서 길을 헤매며 화가 나어찌할 바를 모르는데, 이러한 허위 지명 역시 도시의 얄미운 악습으로 보일 수도 있겠다.

도시의 도랑은 원래 하수에 불과하다. 『지치 한 그루紫の一本』에도 시바의 우다 강을 설명하는 부분에 "다메이케 저택의 하수가 아타고 아래부터 조조지 뒷문을 흘러 이곳으로 들어온다. 아타고 아래 주택가 하수도 흘러들어 우다가와바시에 이르면 작은 강물처럼 보이지만 물의 근원은 이와 같다."라고 나와 있

듯, 예로부터 에도 시내에는 하수가 흘러들어 강을 이루는 곳이 적지 않았다. 하수가 모여 강으로 흘러든 물이 길을 따라 언덕 기슭을 돌아 흐르고 흐르며 점차 넓어져, 천연 하천 혹은 바다로 흘러들면 거룻배는 거뜬히 지날 수 있을 정도가 된다. 아자부의 후루 강에서 시바산나이 뒤쪽을 흐르는 아카바네 강으로 가면, 나무와 오중탑이 솟아 있는 산기슭을 돌아 모든 배편이 지나다닐 수 있다. 뿐만 아니라 단풍 드는 계절에는 옛 문인들이 그림이라도 그릴 법한 풍경을 이룬다. 오지의 하수인 오토나시 강도 미카와시마 들판을 적신 뒤 산야보리라는 이름의 수로가 되는데 여기도 배가 뜬다.

하수와 도랑은 그 위에 걸린 지저분한 목조 다리나 무너진 절의 담벼락, 말라가는 산울타리 혹은 가난한 인가의 모습과 어우러져 때때로 우울한 뒷골목 풍경을 이룬다. 고이시카와 야나기초의 개천, 혼고 혼묘지 언덕 아래 도랑, 단고자카 아래에서 네즈로 흐르는 아이소메 강처럼 도시의 하수가 도랑이 되어 흐르는 뒷골목은 폭우가 쏟아질 때마다 빗물이 범람하여 재해를 입는다. 빈민굴과 조화를 이루는 도랑 가운데 비참한 풍경이 펼쳐진 곳은 아자부의 후루카와바시에서 산노하시에 이르는 강줄기리라. 좌우로 탁수를 끼고 양철판 조각이나 썩은 판자로 지붕을 인 황폐한 집들이 처마를 기울여 맞대고 끝없이 다닥다닥 붙어 있다. 봄가을 기후 변화가 있을 때마다 폭우가 쏟아지면, 시바와 아자부의 고지대에서 꿈틀대는 용처럼 흘러내리는 탁수가 곧바로 양쪽 기슭을 범람해 황폐한 집들의 썩은 나무 토대를 집어삼키고 이윽고 찢어진 다다미까지 침수시킨다. 비가 그치면 물에 젖은 가구나 침구, 이불을 비롯해 정체를 알 수 없는 지저분한 넝마들이 깃발이나 장대에 매달린 천처럼 양 기슭 지붕 위나 창문에 널려 있다. 벌거벗은 새까만 남자, 속치마 한 장 두른 꾀죄죄한 아낙, 아이를 업은 어린 여자아이까지 너나 할 것 없이 소쿠리나 광주리, 들통을 들고 탁류 속으로 들어가 이리저리 휘젓고 다니며 고급 저택 연못에서 흘러내려온 잡어를 잡으려 분주하다. 지나가는 다리 위에서 이런 모습을 볼 때면 비 개인 맑은 하늘과 햇빛 아래 펼쳐진 어떤 장관을 접하기도 한다. 군대 정렬이나 무대 위에 늘어선 무사들처럼 하나하나 떼어놓고 보면 지극히 평범하지만 모두 하나로 무리를 이루면 생각지도 못한 수려함과 위엄이 갖춰진다. 후루카와바시에서 바라보는 폭우 후 빈민가 광경도 그러하다.

에도 성 해자는 아마도 물이 가장 깨끗한 곳이리라. 글을 써서 아는 것보다 그림으로 보는 것이 훨씬 나을 테니, 나는 그저 다이칸초 하스이케몬이나 미야케자카 아래 사쿠라몬, 구단자카 아래 우시가후치 연못처럼 옛 사람이 아름답다고 칭하던 장소만 들어보겠다.

연못 하면 예로부터 시노바즈 연못이 절경임은 굳이 설명할 필요가 없다. 나는 매년 가을 다케노다이에서 열리는 전시회를 보고 오는 길이면, 거리의 기운을 가득 담은 그림보다도 무코가오카의 석양이나 시노바즈 연못에 드리운 천연의 그림을 보려고 발걸음을 멈춘다. 현대미술을 비평하느니 홀로 떨어져 자연이 만들어내는 화폭을 감상하며 황홀해 하는 편이 훨씬 평화롭고 행복하다는 것을 알고 있기에.

시노바즈 연못은 오늘날 도쿄 시내에 남아 있는 가장 마지막 연못이다. 에도 명소로 꼽히던 가가미 연못이나 우바 연못은 이제 와 새삼 가볼 이유도 없다. 센소지 경내 벤텐야마 연못은 이미 상점가로 바뀌었고, 아카사카의 다메 연못은 흔적도 없이 메워졌다. 따라서 시노바즈 연못도 언젠가 같은 운명에 처하게 되는 건 아닌지 걱정스럽다. 노목이 울창하게 우거진 산노(山王 우에노 공원 초입의 고지대 옛 명칭)의 명승지는 짙은 녹음을 드리운 산기슭에 용수지가 있어 비로소 완전한 산수의 묘미를 갖춘다. 만약 우에노 산에서 시노바즈 연못을 뺀다면 흡사 양팔을 낚아 채인 인형과 다름없으리라. 도시가 번화할수록 자연의 지세에서 생겨난 풍경의 미를 소중히 보존해야만 한다. 도시 속 자연 풍경은 도시의 자본으로도 만들 수 없는 위엄과 품격을 띠는 법이다. 파리나 런던에서도 그토록 크고 향기로운 연꽃이 피는 연못은 보지 못했다.

도시의 물과 관련하여 끝으로 나룻배에 대해 한마디 하고 싶다. 나룻배는 도쿄가 차차 정비되고 나면, 다시 말해 교각이 지닌 편의성을 획득하고 나면 영영 사라지고 말리라. 에도시대로 거슬러 올라가면 겐로쿠 9년(1696)에 에이타이바시가 생겼고, 오와타라 불리던 스미다 강 하구의 나루터는 『에도 사슴江戶鹿子』이나 『에도 참새江戶雀』 같은 고서에 겨우 흔적이 남아 있을 뿐이다. 오우마야가시 나루터, 요로이 나루터를 비롯해 시내 곳곳의 나루터가 메이지 초 가교공사 준공과 함께 자취를 감추었고, 지금은 그저 우키요에에서나 당시 광경을 엿볼 수 있을 따름이다.

그렇다고 도쿄의 모든 나루터가 자취를 감춘 건 아니다. 료고쿠바시를 사이에 두고 강 상류엔 후지미 나루터가, 강 하류엔 아타케 나루터가 남아 있다. 쓰키시마 매립공사가 끝나면서 쓰키지 해안에 끌배를 위한 새 나루터가 생겼다. 무코지마에는 사람들이 잘 아는 다케야 나루터가 있고, 하시바에는 하시바 나루터가 있다. 혼조의 다테 강, 후카가와의 오나기 강 주변 강줄기에는 짐을 운반하는 작은 배에 사람을 태워 건너게 하는 작은 나루터가 몇 군데 있다.

철도의 편리함이 요즘 태어난 우리에게서 나그네와 같은 순박한 비애를 완전히 앗아간 것처럼, 교각 역시 현대 도시에서 나룻배라는 예스럽고 느릿한 정취를 앗아가 버리리라. 오늘날 세계의 대도시 가운데 나룻배라는 고아한 멋을 보존하는 곳은 일본 도쿄가 유일하지 않을까. 미국 도시에는 기차를 싣고 강을 건너는 대형 끌배가 있지만, 다케야 나루터처럼 강물에 씻긴 나뭇결이 아름다운 목조선과 떡갈나무로 만든 노 그리고 대나무 작대기를 짚으며 가는 한 폭의 그림 같은 나룻배는 없다. 무코지마의 미메구리나 시라히게에 새 교각이 생기는 걸 서글퍼하지는 않는다. 다만 옛날에도 료고쿠바시라는 다리가 있었지만 위아래로 나루터가 남았던 것처럼, 스미다 강과 그 밖의 강에도 옛날 그대로 나룻배가 남기를 간절히 바랄 뿐이다.

다리를 건널 때 난간 좌우로 드넓은 물이 흐르는 걸 바라보길 즐기는 자는, 강가로 내려가 나룻배를 타고 수면 위에 떠 있는 오리와 함께 느릿느릿 흘러가는 물결을 바라보며 강을 건너는 일이 얼마나 유쾌한지 쉽게 이해할 수 있으리라. 도시의 큰길에 편리한 교각이 생겨 차를 타고 자유자재로 강을 건널 수 있음에도 새삼 강가에 서서 나룻배를 기다리는 마음은, 뻥 뚫린 아스팔트 도로가 있음에도 일부러 뒷골목이나 공터 사잇길을 걸어 다니는 재미와 비슷하다. 나룻배는 자동차나 전차를 타고 바쁘게 달려가는 도쿄 시민의 공동생활과는 큰 관련이 없다. 하지만 나룻배는 시간이야 가건 말건 무거운 보따리 따위를 등에 지고 뚜벅뚜벅 거리를 걷는 이들에게는 한숨 돌릴 수 있는 휴식을 제공한다. 또 우리처럼 한가한 산책자들에게는 근대 생활에서 맛볼 수 없는 감각의 위안을 선사한다.

나무로 만든 나룻배와 늙은 뱃사공은 지금은 물론 앞으로도 도쿄에서 가장 귀한 유물 가운데 하나가 되리라. 오래된 나무, 절, 성벽과 함께 언제까지나 보존해야할 도시의 보물이다. 도시는 개인 주택과 마찬가지로 그 시대 생활에 맞게 새로 지어져야 함은 두말할 나위 없다. 하지만 타인의 집을 방문할 때,

그 집안 대대로 전해 내려오는 서화가 객실에 걸려 있으면 왠지 모를 그윽함에 주인을 향해 저절로 깊은 경외심을 표하게 된다. 도시는 활동적이면서도 한편으로는 예부터 전해오는 유물을 최선을 다해 보존하여 그 품위를 지켜야 한다. 이런 점에서 나룻배와 같은 것을 나 같은 사람 하나의 편협한 퇴보 취미로만 논해서는 아니 되리라.

골목

철교와 나룻배를 비교하다보니 널찍한 큰길 사이사이에 숨겨진 흥미로운 골목이 떠오른다. 서양 모조품 건축물에 상점이 죽 들어선 큰길가는 전차가 오가는 철교와 같은 정취가 있다. 그에 반해 옹달진 어스름한 골목은 흡사 쓸쓸한 나룻배가 주는 깊은 멋을 닮았다. 시키테이 산바의 게사쿠『우키요도코浮世床』삽화에 우타가와 구니나오가 그린 골목 어귀 풍경 그림이 있다. 우타가와 도요쿠니는 그 시대(교와 2년(1802)) 여러 계급의 여성 풍속을 그린 그림첩『이마요카가미時勢粧』에서 골목 풍경을 묘사했다. 이런 우키요에서 볼 수 있듯 골목에는 예나 지금이나 변함없이 서민이 살아가는 공간, 해가 드는 큰길에서 볼 수 없는 다양한 생활이 숨어 있다. 고독하고 덧없는 삶도 있다. 은거의 평화도 있다. 실패와 좌절과 궁핍의 최후 보상인 태만과 무책임의 낙원도 있다. 서로 좋아 어쩔 줄 모르는 신혼살림이 있는가 하면, 목숨 건 모험에 몸을 맡기는 밀애도 있다. 골목은 좁고 짧기는 해도 풍부한 멋과 변화를 지닌 장편소설과 같다 할 수 있으리라.

오늘날 도쿄의 큰길은 긴자 니혼바시 대로는 물론 우에노 히로코지, 아사쿠사 고마가타 대로를 비롯해 도처에 서양풍 건축물과 페인트칠한 간판, 마르고 빈약한 가로수, 어디든 개의치 않고 마구잡이로 뻗은 전신주, 어지러이 걸린 전선 그물망이 빼곡하게 들어선 탓에 그윽한 아름다움을 간직하던 에도 시가지의 차분함을 완전히 상실했다. 음률적 활동미를 지닌 서양 시가지의 배열도 아직 갖추지 못했다. 눈, 비, 바람, 달, 석양의 도움 없이는 이 어정쩡한 시가지에서 예술적 감흥을 불러일으키기 어렵다. 시내 대로를 걸을 때마다 느껴지는 불쾌함과 혐오감이 나의 관심을 그늘에 숨은 골목 풍경으로 잡아끄는 가장 큰 이유다.

골목은 인력거가 지나갈 정도로 넓기도 하고, 창고나 주택가 틈새에 나 있어 겨우 사람 하나 지나갈까 말까 하게 위태롭기도 하다. 물론 지역 주민의 취향이나 직업에 따라 겉으로 드러난 모양새는 다양하다. 니혼바시 옆 기하라다나(木原店 옛날 목공의 장인 기하라의 가게가 있던 골목길 이름)에는 집집마다 음식점 행등이 걸려 지금도 식상신도(食傷新道 질릴 정도로 많은 음식점이 즐비하게 늘어선 길)라고 불린다. 아즈마바시 바로 앞 도쿄테이라 불리는 만담공연장 모퉁이에서 하나카와도 골목으로 들어가는 길은 연예인이나 연극인 혹은 게이샤를 길러내는 선생 등이 많이 사는 지역이라, 옛날 사루와카마치(猿若町 에도시대에 가부키극장이 밀집했던 아사쿠사 마을 이름)가 있던 길이 아닐까 싶다. 밤마다 가게가 성행하는 핫초보리 기타지마초 골목에는 한쪽에 야담을 들려주는 상설 공연장이, 다른 한쪽에 여성 기다유(義太夫 샤미센 반주의 오사카 이야기 곡) 공연장이 마주보고 있어 단골들의 박수 소리가 매일 밤 부채 치는 울림과 뒤섞여 들려온다. 료고쿠의 넓은 대로를 따라 난 돌이 깔린 좁은 길에는 여성용 장신구 파는 가게나 일용품 가게, 센베이 가게 등 다양하고 작은 가게가 성행하여 마치 지붕 없는 지하 상점가를 보는 듯하다. 요코야마초 주변 어느 골목 안에는 멋지게 깔린 돌길 양쪽으로 나가토(長門 가늘게 꼰 종이끈을 엮어 옻칠한 재료) 통주머니나 붓 등을 만들어 파는 도매상이 가득해 골목 일대가 창고인 듯하다. 게이샤 업소로 허가가 난 마을의 골목은 말할 것도 없이 요염하기 이를 데 없다.

나는 이런 종류의 길 가운데 신바시, 야나기바시 골목보다도 신토미자(新富座 메이지 초 긴자에 있던 가부키극장) 뒷골목과 주변 수로의 야경 그리고 소극장 뒤편이 바라보이는 골목을 으뜸

으로 꼽는다. 골목 가운데 가장 길고 번잡한 곳은 요시초 게이샤 마을이다. 이곳은 마치 미로와 같다. 골목 안쪽에 창고형 전당포가 있는가 하면 부호의 은거지인 듯한 담장도 보인다. 나는 졸저『스미다 강すみだ川』에 그즈음 보았던 이런저런 골목을 그대로 묘사했다.

골목 풍경이 매번 흥미를 불러일으키는 이유는 서양의 동판화가 그러하듯, 우리의 우키요에가 그러하듯, 그 바탕에 서민적 화풍이라 할 만한 일종의 예술 감흥이 있어서다. 골목길을 빠져나오며 한번쯤 멈춰 서서 먼 곳을 바라보라. 이쪽은 양편에 우뚝 솟은 건물로 가로막혀 습기가 차고 어둑한데, 그 사이로 엿보이는 저쪽은 멀리 큰길 일부가 골목 폭만큼 선명하게 드러나 자못 밝고 활기차 보인다. 특히 큰길 건너에 태양이 비칠 때는, 바람에 휘날리는 버드나무 가지나 광고 깃발 사이로 오가는 사람들 모습이 그림자처럼 나타났다가는 사라지는 통에 꼭 조명이 켜진 연극무대를 보는 듯하다. 밤이 내리면 캄캄한 뒷골목에 서서 큰길가 가로등을 바라보는 일 또한 말할 수 없이 특별한 멋이 있다. 강을 따라 난 마을 골목에서는 간혹 철책 친 출구 너머로 멀리 강기슭 길이나 다리 난간, 지나는 짐배 돛 일부가 보인다. 이러한 광경은 아마 절경 중에서도 절경이리라.

아무리 정밀한 도쿄 시내 지도라 해도 골목은 그리 선명히 나와 있지 않다. 어디로 들어가서 어디로 나올지 혹은 어디로도 나올 수 없는 막다른 길인지는, 그 골목에 살 때야 비로소 알 수 있는 것인지도 모른다. 한두 번 골목을 걸었다고 쉽게 판단할 수 없다. 골목에는 종종 에도시대부터 전해 내려온 옛 명칭이 붙어 있다. 나카바시에 위치한 가노진미치(狩野新道 막부의 전속 화가였던 가노 가문의 저택이 있던 길)와 같이 역사적으로 유서 깊은 곳도 적지 않다. 단, 이는 그 땅에서 오래 살아온 사람들에게만 통용되는 이름이다. 도쿄가 옛 이름을 공식 마을 명으로 인정한 곳은 아마 한 군데도 없으리라. 다시 말해 골목은 어디까지나 서민들 사이에서만 존재하고 받아들여진다.

개나 고양이가 무너진 담장이나 벽 사이를 찾아내 자연스레 종족끼리 통로를 만드는 것처럼 큰길가에 집을 세우지 못한 서민은 큰길과 큰길 사이에 그들이 살기 적당한 골목을 직접 만들었다. 행정기관에 의해 공공연하게 다루어지지도 않고, 도시 체면이며 외관, 품격과도 상관없는 별천지다. 귀인의 마차나 부호의 자동차 경적소리에 깜짝 놀라 낮잠의 단꿈에서 깰 염려는 없되, 여름날 저녁에 격자문 밖에서 옷을 벗은 채 시원한 바람을 맞을 자유는 있다. 겨울밤에는 고타쓰에 들어가 옆집 샤미센 음악을 듣는 재미도 있다. 신문을 사지 않아도 세간 소문은 수다쟁이 아낙을 통해 자세히 전해 들으며, 천식 앓는 노인의 기침은 크게 의지 되지는 않더라도 밤새 도둑을 쫓는 역할을 한다.

골목은 뭐라 말하기 어려운 생활의 비애 속에서 스스로 심오한 골계적 정취를 풍기는 소설 세계다. 따라서 모든 속된 감정과 생활은, 어디까지나 이 세계를 구성하는 격자문과 하수구 덮는 널빤지, 빨래 건조대와 울타리 문, 철책 등 온갖 도구와 일치한다. 골목은 어엿하게 예술이 조화를 이룬 세계라고 할 수 있다.

공터

시내를 산책하다 보면 마침 앞 장에서 논한 골목과 비슷하게 흥미로운 것이 하나 더 있다. 바로 공터다. 번화한 도로 사이로 나팔꽃이나 메꽃, 달개비나 질경이 같은 잡초를 볼 수 있는 곳이다.

공터는 원래 시간과 장소에 제한 없이 우연히 생기기 때문에 시내 어디에 어떤 공터가 있는지는 땅으로 사기치는 사람이 아니고서야 미리 알 수 없다. 그곳을 지나면서 비로소 그 땅이 거기 있음을 알게 된다. 하지만 공터는 애써 찾아 나서지 않아도 도시 여기저기에 존재한다. 한동안 풀이 자라던 공터에 땅이 다져지고 드디어 건축공사가 시작되는가 싶으면 어느 새 그 옆집이 철거되고, 어떤 때는 화재로 불타 다른 공터가 생긴다. 그리고 한 차례 비가 오면 곧바로 잡초가 싹을 틔워 꽃을 피우고, 눈 깜짝할 사이에 나비나 잠자리가 날아다니며 귀뚜라미가 뛰어다니는 들판이 된다. 바깥 울타리는 있으나 마나 지나는 사람들의 게다 발자국으로 좁은 길이 자유자재로 열려, 낮에는 아이들의 놀이터가 되고 밤에는 남녀의 밀회 장소가 된다. 여름밤 도처의 젊은이들이 어설프게 스모대회를 열 수 있는 것도 공터가 있어서다.

시내 번화한 마을의 창고와 창고 사이 혹은 짐배가 오가는 물길 근처 공터에서는 예나 지금이나 염색가게 주인이 천을 말리고, 머리 올리는 끈 만드는 장인이 작업을 한다. 이런 광경을 보고 있노라면 나는 호쿠사이의 그림이 떠오른다. 언젠가 시바 시로카네에 있는 즈이쇼지라고 이름 높은 황벽종黃檗宗 선사禪寺를 보러 갔을 때, 그 절 문 앞 공터에서 한 남자가 멍하니 머리 올리는 끈을 만들고 있었다. 그 모습이 황폐해진 절 문과 주변의 가난한 집들과 조화를 이루어 기카쿠의 시를 떠올리게 했다. 기카쿠는 가야바초 절 야쿠시도 근처 초막 뒤편에 버들여뀌 꽃이삭 핀 공터에서 분시치라는 자의 머리 끈 만드는 소리가 낮에도 저녁매미 울음소리에 섞여 각별한 풍류를 자아냄을 노래했다.

분시치에게   밟히지 마라 뜰의   달팽이야

머리 묶을 끈   붙이는데 덧없이   벌레 우는 소리

커다란 줄이   볕 쬐는 곳 너머로   기러기 날다

이 시는 기카쿠 시문집 『루이코지』의 '북쪽 창문'에도 실려 있다. 『루이코지』는 내가 즐겨 읽는 책 가운데 한 권이다.

내가 중학교 다닐 무렵까지만 해도 도쿄 이곳저곳에 널따란 공터가 많았다. 간다 미사키초의 조련장 터는 사람을 살해하거나 목을 매달았다는 소문이 있어 해가 지면 두려워 아무도 지나다니지 않았다. 고이시카와 도미자카 한쪽은 포병공창의 화재대피소였는데 우거진 나무숲 사이로 움푹 파인 곳에 하수도랑이 실개천처럼 아름답게 흘렀다. 시타야의 사타케가하라^佐竹ヶ原나 시바의 사쓰맛파라^{薩摩原}와 같은 옛 제후 저택 터는 새로 마을이 들어서고 난 후에도 지명에 여전히 들판^原이라는 글자가 남아 있다.

긴자 대로에 철도마차(메이지시대에 잠깐 등장했던 선로 위를 달리는 마차)가 다니고 스키야바시에서 사이와이바시를 지나 도라노몬에 이르는 외호에 옛 돌담이 그대로 보존되어 있을 무렵, 히비야 공원은 한눈에 다 들어오지도 않을 정도로 넓디넓은 공터였다. 겨울날 마른 잡초에 석양이 비치는 풍경은 마치 눈앞에 무사시노(^{武蔵野} 구니키다 돗포의 1898년 작 『무사시노』로 잘 알려진 지명, 당시 도쿄 서부 지역을 포함한 광활한 들판)가 펼쳐진 듯했다. 그즈음에 비하면 다이묘코지(大名小路 다이묘 등 높은 직위의 무사들이 살던 곳) 터인 마루노우치 미쓰비시가하라도 지금은 대부분 붉은 벽돌 건물이 되어 버렸지만 곳곳에 공터가 남아 있다. 나는 가지바시를 지나 마루노우치로 들어갈 때면 늘 도쿄 관청 앞에 펼쳐진 공터를 바라본다. 왜냐하면 공터 내 우거진 잡초 사이로 연못처럼 널따랗게 물이 고인 곳에 노을이나 푸른 하늘의 구름 그림자가 아름답게 떠 있기 때문이다. 버려진 황량한 땅을 볼 때면 옛날 중국 남부의 시가지 뒷골목이나 미국 서부 해안 신개척지에서 자주 보던 풍경이 떠오른다.

사쿠라다몬 바깥쪽 병영 터도 한동안 공터였다. 참모본부 아래 물가를 지나며 바라보면, 다소 작고 높은 공터에 잡초나 담쟁이로 뒤덮인 돌담이 무너진 채 남아 있다. 빛바랜 돌과 돌담이 쌓인 모습을 보면 다이묘 저택이 있던 옛날이 절로 떠오른다. 동시에 가스미가세키자카 한쪽에 여전히 한 동이나 두 동쯤 황폐한 채로 남아 있는 단층 벽돌집을 보며, 고로주御老中나 고부교御奉行 대신에 참모나 개척사開拓使 같은 새 관명이 붙던 메이지 초가 이제는 오히려 아련하고 쓸쓸하게 느껴진다.

메이지 10년(1877) 고바야시 기요치카 옹이 새로운 도쿄 풍경을 그린 수채화를 그대로 목판화로 제작한 도쿄 명소 그림 가운데 「소토사쿠라다 원경外桜田遠景」이 있다. 멀리 나무 사이에서 병영을 정면으로 바라본 풍경이다. 당시 도성의 서민들은 성 주변에 새로 생긴 서양식 건물을 신기하게 올려다보았으리라.

이런 감정은 화공들의 치기 어린 신식 화풍과 고풍스러운 목판 인쇄술이 한데 어우러져 생생하게 화폭에 드러난다. 한 시대의 감정을 표현했다는 점에서 고바야시 옹의 풍경판화는 대단히 가치 있는 미술품이라 할 수 있겠다.

이미 지난해에 기노시타 모쿠타로 씨가 『게이주쓰芸術』 제2호에서 고바야시 옹의 풍경판화에 대한 새로운 연구를 일부 밝혔으며, 나아가 옹의 이력을 더듬어보며 한층 더 상세한 연구를 시도하고 있다. 고바야시 옹의 도쿄 풍속화는 서민의 세상살이를 그린 후루카와 모쿠아미의 교겐(狂言 골계미를 극대화한 전통 이야기 극) 「붓 가게 고베에筆屋幸兵衛」, 「아카시노 시마조明石島蔵」 등과 함께 메이지 초 도쿄를 엿볼 수 있는 가장 훌륭한 자료다. 메이지유신부터 헌법이 막 발포되던 메이지 20년까지의 시대는 오늘날 회고하자면 도쿄 시가지와 그 풍경 변화, 생활 풍속과 유행 추이 등 온갖 방면이 대단히 흥미롭다.

따라서 나의 골계적인 히요리게다 산책도 에도의 유적을 찾아다니는 한편 이따금 메이지시대 초 도쿄의 발자취를 찾아내려 애쓰도록 하겠다. 하지만 고바야시 옹의 판화 속 도쿄도 당시로서는 새로운 모습이었겠으나, 요즘은 전보다 훨씬 더 신속하게 제2의 도쿄로 발전하면서 이삼십 년도 채 안 돼 흔적도 없이 소멸하고 있다. 메이지 6년(1873) 스지카이 성문을 헐고 그 석재로 만든 다리인 메가네바시와 이와 비슷한 형태로 만들어진 아사쿠사바시는, 오늘날 모두 철교로 바뀌어버렸다. 스미다 강 하류의 모토야나기바시는 물가의 버드나무와 함께 흔적도 없이 철거되었으며, 햣폰구이(百本杭 스미다 강가에 박혀 있던 백 개의 말뚝)는 시시한 돌담으로 바뀌었다. 오늘날 도쿄 시내에서 고바야시 옹의 도쿄 명소 그림과 비교해 겨우 당시 풍경을 유지하는 건, 도라노몬에 남은 구 도쿄농공대학 기숙사의 벽돌 건물과 구단자카 위 등명대(燈明台 신불에게 등불을 올리는 곳), 일본은행 앞 도키와바시 외에 몇몇 군데에 불과하다. 관청 건축물도 메이지 초 모습 그대로인 것은 사쿠라다소토의 참모본부, 간다바시우치의 인쇄국, 에도바시 근처의 우편국 등 손에 꼽을 정도다.

공터 이야기를 하다가 또 묘한 방향으로 새버렸다. 하지만 공터와 옛 도시의 추억은 관계가 전혀 없는 것도 아니다. 시바의 아카바네에 있던 해군조병창 터는 현재 몇 만평에 달하는 드넓은 공터가 되었다. 여기는 다들 알다시피 아리마 후작 저택 터인데, 오늘날 가키가라초의 신사 스이텐구는 원래 이 저택 안에 있었다. 히로시게의 『동도명승』에서 아카바네 부근 지도를 보면, 버드나무 무성한 쓸쓸한 아카바네 강둑을 따라 다이묘 저택의 나가야(長屋 길쭉한 공동 목조주택)가 끝없이 늘어서 있다. 그 지붕 위에는 사람들이 신사 스이텐구에 기증한 깃발들이 휘날리고 있다. 이 지도에 묘사된 흙벽에 석회로 네모난 기와를 붙인 나가야와 붉은 칠을 한 고슈덴몬(御守殿門 쇼군의 딸 고슈덴이 살던 집 앞 문으로 붉은 칠을 했기에 아카몬赤門, 즉 붉은 문이라고도 한다)은 작년 봄께까지 거의 무너지지 않고 당시 모습을 유지했지만, 올 들어 안쪽 조병창 벽돌건물이 철거되면서 지금은 흔적도 없이 사라졌다.

지난 5월의 일이다. 친구인 구메 군이 갑자기 아리마 저택 터에 유명한 고양이 소동(다이묘 아리마 요리타카의 측실 오마키가 다른 측실의 질투로 누명을 쓰고 자살하는데 오마키가 기르던 고양이가 사람으로 둔갑해 복수에 나선다는 이야기)의 무덤이 있으니 한번 가보는 게 어떻겠냐고 했다. 나는 게이오 대학에서 돌아오는 길에 구메 군과 함께 히요리게다를 끌고 갔다. 고양이 무덤이 있다는 소문은 조병창이 철거되고 공터 안에 사람들 게다 발자국이 좁다란 길 좌우로 슬슬 나기 시작했을 무렵부터 전해졌고, 이미 신문 두세 곳에 실린 적이 있다.

우리 둘은 미타도리를 따라 울타리로 둘러진 도랑 가장자리에 멈춰 서서 어디로 들어가면 좋을지 두리번거렸다. 판자 울타리에는 뚫린 곳이 전혀 없었고, 도랑은 너무 넓어 뛰어 건너기가 상당히 어려워 보였다. 손 놓고 공터 밖을 돌아 아카바네 강가까지 나가기도 힘들고, 그렇다고 이미 지나온 술집 골목까지 돌아가 판자를 타고 넘어 공터 뒷길로 돌아가는 것도 지치는 일이었다. 그만큼 넓은 공터였다. 그러다 공터 한쪽에 은사재단 사이세이카이(恩賜財団済生会 오늘날 사이세이카이중앙병원)라는 명패가 붙은 출입구를 발견하고 조심스레 안으로 들어갔다. 구내는 밖에서 봤을 때처럼 한가했고 관리인도 없었다. 우리는 안심하고 저벅저벅 붉은 벽돌건물을 돌아 뒤편으로 나갔다. 거기에는 겨우 위아래 두 줄로 된 철조망이 쳐져 있을 뿐 정면으로 드넓은 공터가 울창하게 펼쳐져 있었다. 오래된 나무들이 빽빽이 들어선 곳으로부터 그 일대가 구릉을 이루었고, 구릉 기슭의 커다란 연못에는 남자와 아이 여럿이 낚싯대를 들고 시끌벅적 떠들고 있었다.

　우리는 의외의 풍경에 흥미가 솟구쳤다. 구메 군은 재빨리 여름 기모노 끝자락과 소매를 걷어 올리는가 싶더니 가볍게 철조망 사이를 빠져나가 공터 저편으로 나가버렸다. 나는 그날 공교롭게도 학교 도서관에서 빌린 무거운 책 보따리를 껴안고 있는 데다 한 손에 예의 박쥐우산을 들고 있었다. 그뿐만이 아니다. 내가 입고 있던 쪽빛 줄무늬 센다이히라(仙台平 센다이 지방의 모직 옷감) 여름 하카마(袴 예를 차릴 때 기모노 위에 입는 하의)는 돌아가신 아버님 유품이어서, 아무리 가슴께까지 허리를 묶어도 걸핏하면 흘러내려 땅에 질질 끌렸다. 차마 그 꼴을 볼 수 없던 구메 군은 철조망 건너에서 무거운 책 보따리와 박쥐우산을 받아주었다. 나는 히요리게다 끈을 동여매고 명주로 된 한 겹 기모노 소매를 높이 걷어 올리고 여름 하카마를 떼어낸 다음 아무런 어려움 없이 철조망 위를 한 발로 훌쩍 건너뛰었다. 남들보다 키가 큰 것도 이럴 땐 도움이 되었다.

　우리 둘은 재빨리 공터 초원을 가로질러, 사람이 많이 모여 낚시를 하고 있는 오래된 연못 둔치로 서둘러 발걸음을 옮겼다. 연못 뒤편에 솟아오른 벼랑의 높이와 수면에 가지를 늘어뜨린 노목이며 암석의 배치로 볼 것 같으면, 옛날 이십여 만석의 녹봉을 받던 성주 저택이 세워졌을 당시에는 물의 면적이 지금보다 두세 배는 더 넓고, 벼랑 중간쯤부터 아름다운 폭포가 떨어졌으리라. 나는 이제껏 서적이나 그림에서 보아온 에도시대의 수많은 유명 정원의 모습을 아련히 떠올려 마음속에 그려보았다. 아울러 우리가 살고 있는 메이지시대의 문명이란, 참으로 이러한 미술품들을 아낌없이 파괴하여 병영이나 병기 제조장으로 만들어버린 거창한 결단력의 결과로 이루어진 것임을, 다시 한 번 절실히 깨달았다.

연못 주변은 아사쿠사 공원 낚시터도 미치지 못할 정도로 붐비고 있었다. 미꾸라지와 붕어, 때로는 커다란 장어도 낚인다고 한다. 우리는 물가를 돌며 벼랑 쪽으로 통하는 오솔길을 기어올랐는데, 할아버지 한 분이 홀로 거목 뿌리에 걸터앉아 낚시 도구와 막과자, 빵 등을 팔고 있었다. 기회를 보는 데 민감한 할아버지의 상술에 적잖이 감복하며, 그 앞에 서서 고양이 무덤에 대해 물어봤다. 할아버지는 이미 그런 질문에 익숙한 지 벼랑 저편 숲 그늘진 오솔길을 가르쳐주며, 고양이 무덤이라 해도 겨우 돌 몇 개 놓여 있을 뿐이라고 자세히 일러주었다.

명소나 고적은 어디라 할 것 없이 실제로 가보면 대체로 겨우 이건가 싶을 정도로 시시하기 마련이다. 다만 거기까지 찾아가는 동안 길이나 주변 광경 및 그와 관련된 부수적 감정에 의해 후일담이 될 만한 흥미로운 이야기로 이어지곤 한다. 아리마의 고양이 무덤은 실제로 가보니 낚시도구 파는 할아버지의 이야기보다도 훨씬 더 시시한 돌조각에 불과했다. 과연 이것이 고양이 무덤의 토대일지 아닐지도 불명확할 정도였다. 우리는 옛 조병창 건물 일부가 바로 아래로 내려다보이는 벼랑 한쪽에서, 낮인데도 컴컴할 정도로 하늘을 뒤덮은 노목의 가지와 잡초가 우거진 벼랑 중턱에서 한두 개쯤 굴러다니는 돌을 발견했을 뿐이다. 하지만 이곳으로 오기까지 벼랑 오솔길과 그 주변 광경은 우리 둘을 즐겁게 하기에 충분했다.

오늘날 도쿄 시내에 이처럼 고요하고 그윽한 삼림이 남아 있으리라고는 꿈에도 생각하지 못했다. 버드나무, 모밀잣밤나무, 떡갈나무, 삼나무, 동백나무와 같은 거목에 섞여 홍가시나무, 팔손이나무 등 정원수가 오랫동안 사람 손이 닿지 않아, 완전히 야생 숲처럼 겹겹이 가지와 줄기가 포개져 있었다. 계절은 때마침 초여름 5월이라 나무들 모두 가지가 휘어질 정도로 푸른 잎을 가득 틔우고 있는 데다, 이름 모를 께름칙한 기생목이 거목의 옹두리나 기둥에서 머리카락처럼 긴 잎을 늘어뜨리고 있었다. 멀리서 들려오는 전차 소리나 근처 벼랑 아래서 낚시하는 사람들의 소란스런 소리에도 기죽지 않는 힘차게 지저귀는 작은 새소리가 이 나뭇가지 끝에서 저 나뭇가지 끝으로 울려 퍼졌다. 우리 둘은 잡초에 맺힌 이슬에 옷자락을 적시며, 어스름한 숲 그늘 구석에서 파란 잎이 달린 가지와 줄기 사이로 여름날 햇볕이 아득히 멀리 너른 공터 곳곳에 남겨진 무너진 기왓담을 짐짓 밝게 비추는 모습을 멍하니 바라보며, 이유도 없이 떠나기가 아쉬워 언제까지나 서성였다. 우리는 파괴된 아리마의 옛 정원을 애통해 하는 것은 아니다. 한 번 파괴된 터가 세월이 흘러 모처럼 황무지의 서정으로 뒤덮인 공터가 되었으나, 조만간 또 무언가 새로운 계획이 들어서 모조리 숲과 잡초를 철거시키리라. 우리는 그 생각에 절로 한숨이 났던 것이다.

나는 잡초가 좋다. 제비꽃, 민들레 같은 봄풀이나 도라지, 여랑화 같은 가을풀에도 뒤지지 않을 정도로 잡초가 좋다. 공터에 무성한 잡초, 지붕에 난 잡초, 길가 도랑 주변에 자라는 잡초를 사랑한다. 공터는 말하자면 잡초의 화원이다. 비단처럼 가늘고 아름다운 '금방동사니' 이삭, 털보다도 부드러운 '강아지풀' 이삭, 따사롭고 연붉은 '개여뀌' 꽃, 산뜻하고 창백한 '질경이' 꽃, 모래알보다 작고 새하얀 '별꽃', 하나하나 들여다보면 잡초도 제법 그럴싸하게 가련한 정취가 있지 않은가.

그러나 잡초는 와카(和歌 일본 전통적인 시조)에서조차 거들떠보지 않았다. 소타쓰 고린(宗達光琳 에도시대 화가 다와라야 소타쓰와 오카다 고린을 함께 지칭하는 말)의 그림에도 그려지지 않았다. 에도 서민문학이라는 하이카이(俳諧 골계적이고 해학적인 에도시대의 산문시)와 교카가 생기고 나서야 나서야 비로소 잡초가 문학에서도 다루어지게 되었다. 내가 기타가와 우타마로의 『그림책 벌레모음집絵本虫撰』을 사랑해 마지않는 이유는, 이 우키요에 화가가 당나라의 남종파도 에도시대의 사조파도 결코 그린 적 없는, 지극히 비속한 풀꽃과 곤충을 그렸기 때문이다. 이렇듯 하이카이와 교카, 우키요에는 예부터 귀족취향의 예술이 완전히 등한시한 또 다른 방면의 요소를 취득하여 자유로이 예술화시키는 큰 공을 세웠다.

나는 요즘 스키야바시 근처나 도라노몬의 곤피라 신사 앞, 간다 성당 뒤편, 그 밖에도 곳곳에 신설된 공원의 나무보다도 오가는 공터에 핀 잡초 꽃에서 뭐라 말할 수 없는 흥미와 정취를 느낀다. 도가와 슈코쓰 군의 『그대로 일기そのままの記』에는 서리가 내린 도야마 들판에 대해 쓴 글이 있다. 도야마 들판은 옛 비슈 후작의 아래채가 있던 곳인데, 유명하던 정원은 황폐해져 육군 도야마 학교로 바뀌고 부근은 광활한 사격장이 되었다. 도요타마 군(豊多摩郡 오늘날 신주쿠 일대와 나카노, 시부야, 스기나미 구를 아우르는 지역)에 속한 이 지역은 최근까지 진달래의 명소였다. 매년 주택가가 조밀하게 들어서서 새로 개척한 교외 마을이 되었음에도 사격장만은 여전히 들판이다.

도야마 들판은 도쿄 근교 중에서도 드물게 광활한 땅이다. 메지로 안쪽에서 스가모 다키노가와에 걸친 평야는 더욱 넓은 무사시노의 정취를 남겼으리라. 하지만 그 평야는 모두 가래와 쟁기로 훌륭히 경작된 밭이다. 따라서 전원의 정취는 있으나 야생의 멋이 부족하다. 그럼에도 도야마 들판은 들판이긴 하지만 약간 높낮이가 있고 가로수는 빼곡하다. 크지는 않아도 교목이 가득 늘어서 있고, 숲을 이룬 곳도 있다. 그 땅에 인공적인 것은 조금도 없다. 완전히 자연 그대로다. 만약 본디 무사시노의 멋을 알고자 한다면 이곳을 찾기 바란다. 높낮이가 있는 넓은 땅은 그 일대가 잡초로 뒤덮여 있다. 봄이면 풀꽃을 뜯는 여자아이가 자유로이 놀기에 적당하고, 가을이면 우아한 멋을 아는 이가 마음껏 산책하기에 좋다. 이곳 자연을 화폭에 담기 위해 캔버스를 들고 여기저기 걸어 다니는 미술학도도 사시사철 끊이지 않는다. 참으로 장대한 자연이 펼쳐진 공원이다. 가장 건전한 유람지다. 이곳 자연과 들판의 정취는 교외의 다른 장소와는 전혀 다른 무언가가 있다.

요즘 교외는 무서운 기세로 조금이라도 공터가 있으면 건축물을 세우고, 그렇지 않으면 쟁기로 주저하지 않고 갈아엎는다. 그런데 어찌하여 오쿠보 주변은 이렇듯 자연 대부분이 들판 그대로인 상태로 남겨져 있는가. 우습게도 이것이 실로 속물 중의 속물인 육군의 선물이다. 도야마 들판은 육군의 용지다. 일부는 도야마 학교의 사격장이고, 일부는 연병장으로 쓰인다. 하지만 대부분은 거의 쓸모없는 땅인 것처럼 시민과 마을 사람을 착각하게 만든다. 기마병이 오쿠보와 가시와기의 작은 골목을 무리지어 달리니 상당히 시끄럽다. 아니, 그저 시끄러운 게 아니라 울화가 터진다. 하늘 아래 모두의 길을 마치 제 것인 양 횡령하며 의기양양하게 고개를 빳빳이 들고 다니는 행태는, 우리 서민을 대단히 불쾌하게 만든다. 그런데 이렇게 불쾌하게 하는 거대 기관이 한편으로 옛날 무사시노의 정취를 간직한 이곳 도야마 들판을 보존해주고 있다. 생각해보면 세상은 언제나 이상하리만치 이것을 잃으면 저것을 얻게 된다. 이로움이 있으면 해로움도 있는 법, 새삼 일리일해—利—害에 대해 깊이 생각하게 된다.

슈코쓰 군의 말에 크게 공감한다. 요요기와 아오야마의 연병장 혹은 다카다노바바 등도 마찬가지다. 만추의 석양 아래 단풍 든 다카다노바바 숲을 서성이고, 맑게 갠 겨울날 아침 아오야마 들판 언저리에서 눈 덮인 후지 산을 바라볼 수 있는 것이 모두 속물 중에 속물인 육군의 선물이라니.

전차를 타고 게이오 대학으로 가면서 시나노마치 곤다와라를 지나 아오야마 대로를 가로질러 '3연대 후문'이라고 적힌 붉은 막대기가 서 있는 곳까지 오면, 길을 따라 들어선 커다란 건물이 모조리 육군에 속해 있거나 혹은 전차 승객이나 거리 통행인이 병졸과 사관으로 가득하여 늘 세상이 모조리 육군이 돼버린 것만 같은 기분에 사로잡힌다. 아울러 곤다와라 수풀에 드리운 초여름 신록을 바라보거나 3연대 후문과 아오야마 묘지 사이 둑이나 초원에서 봄이면 어린 풀, 가을이면 참억새를 바라볼 때마다 슈코쓰 군이 말한 '일리일해'에 동감하게 된다.

요쓰야 사메가하시와 아카사카 별궁 사이에 고부甲武 철도 선로를 경계로 잡초가 우거진 화재대피소가 있다. 초여름 황혼이 내릴 무렵 나는 요쓰야 대로의 이발소에 갔다가 돌아오는 길이나 장을 보러 가는 길에 호조지 골목이나 사이넨지 골목으로 불리던 절이 많은 골목으로 들어선다. 차가 다닐 수 없을 만큼 급경사가 진 언덕을 따라 사메가하시 저지대 마을로 내려가면 가난한 마을 집들 사이로 길이 하나 나 있다. 발길 닿는 대로 화재대피소를 빠져나오며 어린잎과 잡초와 반짝이는 저녁놀을 바라본다.

이 산책길은 짧기는 하지만 변화가 풍부해, 편협한 나의 그림 취향에 어울리는 면이 적지 않다. 첫째 사메가하시라는 빈민굴 지대가 있다. 요쓰야와 아카사카 두 구의 고지대에 끼인 골짜기 아래 이 저지대 빈민굴은, 수로와 분뇨선과 제조공장이 펼쳐진 물가의 빈민가와 대조적으로 언덕과 벼랑과 나무가 펼쳐진 야마노테 빈민가를 대표하는 곳이리라. 요쓰야 쪽 언덕에서 보면 빈민가의 양철지붕이 나무숲의 절과 무덤가 뒤쪽 벼랑 아래 다닥다닥 포개지고, 그 사이로 간간이 지저분한·세탁물이 바람에 휘날린다. 초여름 하늘이 아름답게 갠 날, 벼랑의 잡초에 푸릇푸릇 싹이 돋고 사방의 나무에 녹색 여린 잎이 싱그럽게 넘실거릴 즈음이면 발아래 빈민굴 양철지붕은 한층 더 지저분해 보인다. 인간 생활은 풀과 나무가 자연으로부터 받는 은혜마저도 받을 수 없다는 듯, 어쩐지 비참한 색을 더한다. 또 겨울 비 내리는 저녁나절이면, 찢어진 장지문에 비치는 등잔불 그림 자가 까마귀 우는 무덤가 마른 나무와 함께 완전히 퇴색한 겨울 풍경을 자아낸다.

이렇게 음울한 길모퉁이에서 철로가 있는 제방 하나만 넘 으면, 그 너머에는 널찍한 화재대피소가 있으며, 아카사카 성곽 토벽이 북서쪽 성문까지 긴 언덕길을 따라 멀리 아오야마로 이 어진다. 항상 인적이 드문 곳이라 고풍스런 벽돌담과 이를 뒤덮 는 나무는 유독 품격 있는 풍경을 자아낸다. 나는 화재대피소 에서 성 가까이 갯버들이 너덧 그루 자란 곳에서 어느 해 여름 저녁 빗소리를 들었다. 독벌레도 두려워하지 않고 풀숲을 헤치 며 그쪽으로 걸어가 보니, 버드나무 그늘에 야마노테 고지대라 고는 생각할 수 없을 만큼 가득히 자란 갈대가 저녁 바람에 흔 들리고 있었다. 우물처럼 깊이 움푹 파인 밑바닥에는 아마도 성 에서 떨어지는 듯한 물길이 커다란 둑에 막혀 급류를 이루고 있었다. 밤이 되면 분명 반딧불이가 날아다니리라. 나는 오늘 유난히 여름날 어스름한 황혼이 길었던 데다 휘영청 달이 밝아 이를 보지 못함을 원망스러워 하며 원래 왔던 사메가하시 쪽으 로 발길을 돌렸다.

요요기하라에 만국박람회가 열린다는 말이 있었을 때, 사 메가하시 빈민굴이 철거될 거라는 소문이 있었다. 서양인들이 전차를 타고 가다 요쓰야와 요요기 구간에서 창밖으로 그 더러운 빈민굴을 내려다본다면 국가의 수치가 될 거라는 이유에서였다. 하지만 만국박람회도 일본인들이 늘 그렇듯 겉으로만 그런 척 했을 뿐, 자금 부족으로 기대는 깨졌다. 따라서 사메가하시도 오늘날까지 철거되지 않았고, 절 사이넨지 옆 급경사 아래로 여전히 칠 벗겨진 양철지붕이 늘어서 있다. 빈민굴은 원래 도시의 미관에 도움이 되지 않는다. 하지만 만국박람회를 보러 오는 서양인들이 그걸 보고 그리 거북해 하지는 않으리라. 요즘 관리들처럼 멍청한 일을 생각해내는 인간도 없다. 도쿄라는 도시의 외관, 일본이라는 국가의 체면을 생각한다면 빈민굴 철거보다도 우선 거리 곳곳에 세워진 동상부터 없애려 서둘러야 마땅하지 않은가.

현재 내가 알고 있는 도쿄의 공터는 대략 이와 같다. 내가 사는 집 문 밖에도 최근 이삼 년 동안 이치가야 감옥 터가 공터로 남아 있다. 올봄부터 사형대 터에 관음보살이 생겨 주변은 나날이 마을을 이루고, 머지않아 게이샤 집으로 허가가 난다는 소문까지 돈다. 시바우라의 매립지도 당분간 주택가를 짓지 않는다면 비슷하게 공터라 볼 수 있으리라. 현재 도쿄 시내의 공터 가운데 이만큼 너른 풍경을 볼 수 있는 곳도 없다. 여름날 저녁에 바다 위로 달이 뜰 즈음, 너른 공터의 잡초가 망망한 안개처럼 희뿌옇게 펼쳐지고 수로를 가로지르는 짐배의 돛대가 보이는 풍경이 매우 그럴 듯하다.

도쿄 토목공사는 이리저리 손을 써서 부산하게 도쿄 경치를 훼손하는 데 힘을 쏟고 있다. 다행히도 잡초라는 것이 있어 불타버린 들판과 같이 나무 한 그루 없는 공터에도 푸르고 부드러운 양탄자를 깔아 달빛 흐르는 곳에 이슬로 자수를 놓는다. 박복한 우리 시인들은 전원보다도 세속의 도시에서 보다 깊은 '자연'의 은혜에 감사하지 않을 수 없다.

벼랑

수많은 에도 명소 안내기 가운데 가장 오래된 축에 속하는 『지치 한 그루』나 『에도총녹자대전江戸惣鹿子大全』을 보면 언덕, 산, 구덩이, 수로, 연못, 다리 같은 분류 아래 에도의 지리, 고적, 명소를 설명하고 있다. 하지만 이 분류는 골짜기谷라는 항목에 히비야日比谷, 야나카谷中, 시부야渋谷, 조시가야雑司ヶ谷 등의 마을명이 속해 있듯, 실은 지리보다 지명 자체에서 오는 유희적 흥미에 따른 점이 적지 않다. 이런 경향은 여러 방면에서 드러나는 에도 경문학의 특징이기도 하다.

나는 이미 도쿄의 물과 골목에 이어 공터에 대한 관심을 다소 분류식으로 기술했는데, 벼랑에 대한 글을 하나 더 추가하겠다.

벼랑은 공터나 골목과 비슷하게 나의 히요리게다 산책에 적잖이 흥미를 돋운다. 왜냐하면 벼랑은 야생조릿대나 참억새에 섞여 엉겅퀴, 거지덩굴을 비롯해 온갖 종류 잡초가 우거져 있거나 때때로 맑은 물이 솟거나 하수가 골짜기처럼 졸졸 소리 내며 흐르는 까닭이다. 또 떨어져 내릴 듯이 비스듬한 경사에 자라난 나무 기둥과 가지, 특히 뿌리 모양 등에서 회화적 감흥을 느낀다. 나무도 잡초도 없는 경우엔 적토가 드러난 깎아지른 벼랑에 석양이 내릴 때마다 흡사 보루를 바라보는 듯한 비장함마저 든다.

예부터 시내 벼랑에 특별히 이렇다 할 이름이 붙은 곳은 한 군데도 없었다고 한다. 『지치 한 그루』나 그 밖의 책에도 구덩이, 골짜기 같은 분류는 있으나 벼랑을 따로 뺀 장은 없다. 하지만 높낮이가 변화무쌍한 도쿄 지세를 생각하면 벼랑은 예나 지금이나 변함없이 시내 도처에 솟아 있다.

우에노에서 도칸야마, 아스카야마 사이 고지대는 벼랑 가운데서도 가장 훌륭하다. 간다 강이 흐르는 오차노미즈 벼랑은 본디 소적벽이라 불렸을 정도로 매우 회화적이다. 고이시카와 가스가마치부터 야나기초, 사스가야초에 이르는 저지대에서 혼고 고지대를 보면, 여기저기 전차가 개통되기 이전, 즉 도쿄 지세와 풍경이 아직 파괴되지 않을 무렵에 나무나 풀이 무성한 벼랑이 있었다. 네즈의 저지대에서 야요이 언덕과 센다기 언덕을 바라보면 영락없는 벼랑이다. 벼랑 꼭대기를 따라 네즈 신사에서 단고자카 위로 빠져나오는 길이 하나 있다. 도쿄 시내를 오가며 나는 이만큼 흥미로운 길도 없다고 생각했다. 한쪽은 나무와 대숲으로 뒤덮여 낮에도 어둡고, 다른 한쪽은 내가 걷는 길마저 무너져 떨어지는 건 아닌가 하는 두려운 마음 가득, 얼핏 발아래를 보니 벼랑 중턱에 자라난 나무 우듬지 사이로 골짜기 밑바닥처럼 낮은 곳에 주택가가 작게 보인다. 한편 고개를 들어 먼 곳을 바라보면 시야를 가로막는 무엇 하나 없이 드넓은 하늘이 끝도 없이 광활하게 펼쳐져 자유롭게 떠다니는 구름의 행방도 확인할 수 있다. 왼쪽으로는 우에노, 야나카로 이어지는 짙은 숲이, 오른쪽으로는 간다, 시타야, 아사쿠사로 뻗어가는 시가지가 한눈에 내려다보인다. 거기서 들려오는 잡다한 마을 소음은 멀리 떨어져 있는 탓에 누그러져, 저 베를렌의 시 속 심상이 떠오른다.

　평화의 울림은
　거리에서 나오나니

　당대의 현학 모리 오가이 선생의 거처는 이 길 끝, 단고자카 꼭대기 즈음에 있다. 이층 난간에서 바라보면 거리의 지붕 너머로 바다가 보이기도 하는 까닭에 선생은 이 누각을 '간초로観潮楼'라 이름 지었다 들었다. 단고자카의 옛 이름은 시오미자카(바다가 보이는 언덕)라고 누군가 알려주었다. 가끔씩 나는 간초로에 들러 가까이서 선생을 뵐 영예를 얻곤 했다. 아쉽게도 주로 밤이었던 터라 이제껏 바다를 한번도 보지 못했다.

그 대신 잊히지 않을 만큼 음색이 깊은 우에노 종소리를 들은 적이 있다. 한낮 무더위가 아직 가시지 않은 초가을 저녁 무렵이었다. 선생은 아마 식사중인 모양이라, 안으로 안내 받은 나는 한동안 혼자 간초로 위에 있었다. 누각은 다다미 여덟 장 크기였는데, 세로 여섯 장에 가로 두 장이었던 것으로 기억한다. 한 칸짜리 도코노마(床の間 방 안 장식품을 두는 곳)에는 뭔가 사연이 있는 듯 '천둥電'이라는 한 글자를 탁본한 커다란 족자가 걸려 있고, 그 아래 오래된 중국 도자기로 추정되는 커다란 육각형 꽃병이 놓여 있었다. 꽃 한 송이 꽂혀 있지 않아, 오히려 더할 나위 없이 엄격하고 냉정한 분위기를 자아냈다. 방에는 족자와 꽃병 외에 아무것도 없었다. 액자나 선반도 없었다. 주뼛주뼛 네 장짜리 장지문이 약간 열려 있는 틈으로 옆방을 들여다보니, 중앙에 책상이 하나 있었다. 모양은 아주 단순했다. 한 장의 판자 아래 네 개의 다리가 있을 뿐, 특출난 것도 없고 조각도 새겨 있지 않은 아무것도 없는 책상이었다. 위에는 벼루나 잉크병이나 붓도 없었다.

하지만 뒤에 세워진 여섯 장 병풍 아래에 끈으로 묶어놓은 서양 신문잡지의 한쪽 끝이 보였기에, 나는 목을 스윽 들이 밀고 가만히 들여다보았다. 뭔가 분량이 많아 보이는 각양각색 서양 서적이 벽 쪽에 높이 쌓아올려 있었다. 세간에는 필독서를 사람들 보는 데 번지르르하게 일부러 장식해두는 사람도 간혹 있지만, 이건 또 무슨 특이한 버릇인가 싶었다. 나는『시가라미조시柵草紙』이래 선생의 문학과 천성과 품행에 대해 좀 더 진지하고 깊이 있게 생각해보자 마음먹었다. 바로 그때였다. 한결 강렬하게 풍기는 박달목서 향기와 더불어 우에노 종소리가 늦더위를 떨쳐내는 시원한 저녁 바람과 함께 흘러들어, 활짝 열린 간초로 위에서 홀로 주인을 기다리는 나를 놀라게 했다.

　나는 고개를 돌려 소리 나는 쪽을 바라보았다. 센다기 벼랑 위에서 내려다본 광활한 시내는, 울창하고 아름다운 숲에 휩싸여 안개 가득한 바다에 셀 수 없는 등불이 반짝였고, 우에노 야나카 숲 위로 희미한 황혼 불빛이 구름인 듯 꿈처럼 남아 있었다. 나는 샤만이 그린 성녀 제네비에브가 조용히 파리 야경을 내려다보는 판테온 벽화의 신비한 잿빛 색채가 떠올랐다. 종소리는 계속해서 긴 여운을 만들어 갔다. 종소리가 울릴 때마다 숲에 짙은 어둠이 깔리면서 아래쪽 시내에는 점점이 등불이 켜지고, 차와 말이 달리는 소리가 태풍처럼 드높아지더니 이윽고 마지막 종소리 여운이 사라져버렸다. 나는 다시 멍하니 서서 아무것도 없는 간초로 내부를 돌아보았다. 아무것도 없는 누각 위에서 오가이 선생은 등불을 굽어보고, 종소리와 자동차와 말 울림에 번갈아 가며 귀를 기울이며, 침착하게 책을 읽다가 붓을 쥐겠구나 생각하니, 선생의 풍모가 정말이지 샤만의 벽화 속 인물처럼 신비하게 느껴졌다.

그때 선생이 "이런, 오래 기다리게 해서 죄송합니다, 죄송해요." 하며 서생처럼 이층 계단을 뛰어 올라왔다. 옥양목으로 된 흰색 셔츠 한 장, 아래에는 붉은 선이 들어간 군복 바지를 입고 있는 탓에 내 예상과 달리 일요일 어디 이층 셋방쯤에서 뒹굴던 병졸처럼 보였다. "더울 때는 이게 최곱니다. 제일 시원해요." 선생은 하녀가 들고 온 은접시를 내밀며 잎궐련을 권했다. 선생은 육군 의무국장실에서 이야기를 나눌 때도 내게 잎궐련을 권했다. 만약 선생의 생애에 조금이라도 여유 있는 무언가가 있었다면, 그건 이 잎궐련이었으리라.

그날 밤 나는 친근하게 오이켄(독일 철학자 루돌프 오이켄, 1908년 노벨문학상 수상)의 철학에 관한 선생의 감상을 여쭈었다. 그리고 밤 아홉 시가 넘어 다시 네즈 신사 쪽으로 센다기 벼랑 길을 내려와 시노바즈 연못 뒤쪽을 돌아 우뚝 솟은 도쇼구東照宮 뒷길 일대 벼랑의 나뭇잎 사이로 보이는 별을 헤며 걷다가 히로코지에서 전차에 올랐다.

내가 태어난 고이시카와에는 벼랑이 많았다. 제일 먼저 생각나는 것은 묘가다니의 좁은 길에서 올려다본 좌우측 벼랑인데, 한쪽에는 이름부터 기분 나쁜 기리시탄자카(切支丹坂 기리시탄은 그리스도의 일본어 발음으로, 기리시탄 저택은 에도시대에 박해받던 천주교도인의 감옥이다)가 비스듬히 나 있었고, 이름은 잊어버렸지만 그 맞은편에 산길처럼 좁은 고개가 고히나타 다이마치 뒤쪽으로 구불구불 나 있었다. 지금은 별다른 멋없이 그저 요즘 식으로 돌단을 쌓아올렸을 뿐이다. 대숲이나 나무도 잘려나가 그윽하던 멋을 완전히 잃어버렸다.

아직 내가 일고여덟 살 때의 기억이다. 기리시탄자카를 따라 난 벼랑 중턱에 큰 비인지 뭔지 때문에 갑자기 커다란 정사각형 굴이 나타났는데, 어디까지 이어져 있는지 끝을 알 수 없다고 했다. 마을 사람들은 아마도 기리시탄 저택이 있을 무렵, 옥에 갇힌 사람들이 굴을 파고 지상으로 도망치던 샛길이 아닐까 추측했다.

묘가다니에서 고히나타 스이도초 쪽으로 나가면, 거리 한복판에 커다란 은행나무가 서 있다. 그리고 짚신과 질냄비가 한가득 봉납된 작은 신사가 있다. 스이도바타 쪽 길은 한쪽에 절이 여러 채 줄지어 섰고 다양한 모양의 절 문이 남아 있어 지금도 즐겨 산책하는 곳이다. 길을 빠져나갈 때쯤 오토와로 도는 길모퉁이에 오쓰카 화약고가 있는 벼랑이 높이 솟아 있는데, 꼭대기 여기저기 큰 나무들이 서 있다. 벼랑에 누렇게 마른 풀이며, 겨울 마른 가지 끝에 새가 무리지어 쉬었다 가는 모습은, 그야말로 문인화(文人畫 취미로 그리는 그림)와 같은 정취를 풍긴다. 반대쪽인 우시고메 쪽을 바라보면 아카기 고지대가 있고, 정면에 메지로 산 쪽이 역시 벼랑을 이루고 있다. 메지로 풍경은 이미 쇼쿠산진(蜀山人 에도시대에 명성이 높았던 교카 작가, 오타 난포大

田南畝의 별호)의 「도호잔 15경東豊山十五景」이란 교카에도 나와 있듯 예부터 전해지는 명소다. 쇼쿠산진의 기록을 보자.

도호잔이라고도 하고 신초코쿠지라고도 하는 메지로 부동명왕이 있는 구릉에 호에이시대(1704~1710) 무렵 하이쿠 시인 사이쇼인이 살았다. 그가 사는 세키구치에서 서남쪽으로 지팡이를 짚고 서면 언제고 후지 산의 흰 눈이 보였고, 끝없이 펼쳐진 푸른 논바다 위에서 시원한 바람이 불어와 숨통이 트였다 한다. 또 우시고메에 살던 난카쿠, 슌다이, 란테이를 비롯한 이야기꾼들도 그 주변을 15경으로 나누고 시를 지어 책으로 엮었으니, 우시고메가 고향인 나도 마을의 경치가 그리워 그곳을 글로 담는다. 뭘 어떻게 쓰더라도 어깨 너머로 배운 듯 보이겠으나 어머니 예순 잔치 때 공연도 할 겸 여명이 밝아오자 종이를 떠메고 세키구치의 메지로 폭포로 시를 쓰러 떠난다.

우즈라야마의 벚꽃
그 옛날 덩굴풀 우거진 산 속에 산벚나무
지금은 변하여 이윽고 꽃잎이 팔랑팔랑

성문의 푸른 나무
호랑이 머리 물고기가 나무 위로 오르는 푸른 잎 산

저 멀리 너머에 망루가 보이네 우시고메 성문

골짜기의 반딧불이
아무개의 커다란 머리와도 비슷하구나
가마쿠라 가는 길 데토의 반딧불이는

논에 지는 달
하얀 이슬 얼리는 서리도 끝나가고
논두렁에 밝게 드리우는 달그림자

너른 논에 벼 향기
올해는 날이 좋아 평평한 논에도
널리 벼가 잘 여물리라 점쳐보리라

절 앞에 붉은 단풍
절 앞에서 술 안 마시려 단풍을 보는데
하나마나 한 생각하는 얼굴에 석양이 드리우네

달뜬 밤 바위'
여덟 잎 목부용 꽃 한 송이를
계수나무 가지에 틔워 보련다

강 마을 싸리눈
술 사러 가는 길 마을 한쪽 곁에
깊은 생각에 잠긴 듯 에도 강 끝 줄기

하세 절
오래된 부동명왕 모셔와 새로 꾸리니
새로운 하세 절의 법사가 되리라

노을에 물든 아카기 산
새벽 저녁 노을로 물드는 아카기 산
그대의 곁으로 향하고 있나니

다카다 숲의 사당
신전에 올리는 등불 빛나는 다카다 마을
아나하치만구일까 미즈이나리 신사일까

사이쇼 절의 종소리
사이쇼 절 초심의 젊은 비구니가
오래전 달아둔 종 울리는 소리

논밭으로 난 길
옆으로 흐르는 가니(蟹 게) 강 넘어 똑바로 가

무사의 너른 전답 한가운데 길을 지나네

바위 언덕 술잔
삼나무 가로수 길가에 왁자지껄 줄지은 사람들
날개 달린 술잔에 절로 손이 가는 벼랑 위의 술집

논두렁의 물레방아
물레방아 빙글빙글 돌듯 살다보니 우연히 만났구나
논둑 언저리 남몰래 함께 있을 곳이 보이지 않네

　작년 말, '목요회' 송년회 자리에서 우연히 이와야 시로쿠
(사자나미 선생의 아우) 군을 만났는데, 이야기 주제가 어쩌다
가 나의 『히요리게다』로 넘어갔다. 시로쿠 군은 고지마치 히라
카와초에서 나가타초 뒷길로 오르는 곳 앞쪽에 대단히 그윽한
분위기를 지닌 벼랑이 있었다고 했다. 그즈음 사자나미 선생도
시로쿠 군과 함께 나가타초에 머물며 돌아가신 이치로쿠 선생
의 저택에 신세를 지고 있었다. 때마침 나도 아버지가 일시적으
로 머물던 관저가 근처에 있었기에, 헌법 발포 당시 쓸쓸한 고
지마치 옛 모습을 이리저리 회상할 수 있었다.
　아버지가 일 년쯤 머물던 모 부서 관저 정원 끝자락에도
꽤 높은 벼랑이 있었고, 대숲이 지독히도 빼곡하게 들어서 있
었다. 대숲에는 께름칙할 정도로 두꺼비가 많았다. 여름날 오후

아직 저녁으로 접어들기 전에, 수십 마리나 되는 두꺼비가 정원으로 기어 나와 마치 정원 가득 큼직한 돌멩이라도 깔아 놓은 듯 보였다. 이 정원 끝 벼랑과 대조를 이루는 곳은 좁다란 골목을 지나 독일 대사관이 들어선 고지대 뒤쪽인데, 역시 나무가 무성한 벼랑이었다. 나는 추운 겨울밤 같은 때 변소에 갈라치면, 어린 마음에 일본 전래동화에서 자주 보던 귀신이 자꾸만 떠올라 혼자서 괜찮아, 괜찮아 하고 열심히 주문을 외며 캄캄한 복도를 종종 걸었다. 그때 찢어진 장지문 너머 건너편 벼랑의 깊고 깊은 나무숲 사이로 외연히 솟은 서양관 창문에 등불이 황황히 빛나는 모습과 동시에 밖으로 새어나오는 피아노 소리를 듣고는, 서양인의 생활을 한없이 이상하게 여긴 적이 있다.

최근 히요리게다를 끌고 산책을 하다가 내 눈에 뜨인 벼랑은, 시바 니혼에노키에 있는 절 고야산 뒤쪽과 이사라고다이에서 바다가 바라보이는 주변 일대다. 고야산 맞은편의 절 조교지는 기카쿠의 무덤이 있는 것으로 유명하다. 본당이 들어선 벼랑 위에 서서 절구 밑바닥 같은 조교지의 묘지 전체를 들여다보는 건, 기카쿠의 무덤을 포함하여 잊을 수 없는 경관이다. 시로카네의 고찰 즈이쇼지의 뒤쪽도 나로서는 몇 번이나 지팡이를 짚고 가기 마땅할 정도로 꽤 그윽한 벼랑을 이루고 있다.

아자부나 아카사카에도 시바와 마찬가지로 벼랑이 많다. 야마노테에서 태어나 야마노테에서 자란 나는, 언제나 경쾌하고 산뜻한 배와 다리와 강가를 간직한 시타마치를 부러워했다.

하지만 야마노테의 자랑거리라면 벼랑과 언덕의 꼬불꼬불한 풍경을 들 수 있을 터. 이 아름다움도 그냥 지나칠 순 없다. 『스미다 강 연안 일람隅田川両岸一覧』에서 강줄기 풍경만을 그렸던 호쿠사이도, 봉우리가 있고 굴곡이 더 많은 야마노테를 위해 『산 그리고 산山復山』을 총 세 권이나 그렸으니 말이다.

언덕

　　앞서 기술한 벼랑과 다소 중복될 우려가 있으나, 시내 언덕에 대해 좀 더 이야기하겠다. 언덕은 말하자면 평지에 생겨난 파란이다. 평탄한 큰길을 걸으면 미끄러질 염려도 없고, 돌부리에 채여 넘어질 일도 없다. 차를 타면 무사안전, 돈을 내면 짐도 옮겨주고 운임도 싸다. 그래도 무료함을 달래려 산책길에 나선 한량이 차를 탄다는 건 더없이 단조로운 짓이리라. 생각건대 도쿄 시내 경치 가운데 일직선을 이루는 미관은, 다리가 있고 배가 떠다니는 강가에서나 볼 수 있다. 불행히도 나는 아직 긴자 니혼바시 대로처럼 쭉 뻗은 길에서 서양 도시가 주는 감흥을 느끼지 못한다. 서양 도시 중에서도 나는 뉴욕의 평탄한 5번가보다 콜롬비아의 고지대로 오르는 돌계단을 좋아했고, 파리의 널따란 대로보다 몽마르트르 언덕을 훨씬 사랑했다. 리옹 크루아후스 언덕길에서 손때 묻은 오랜 돌난간 너머 발아래 손 강둑길을 굽어보며 걷던 어스름한 저녁나절을 잊을 수 없다. 그런 경치를 떠올릴 때마다 프랑스 시가지는 어째서 어딜 가든 그토록 아름다울까, 어째서 그토록 사람의 상상력을 자극하도록 만들어진 걸까, 늘 그런 쓸쓸한 추억의 꿈속으로 젖어든다.

그즈음 나는 아직 서른 전이었다. 독신으로 정처 없이 떠돌며 이국의 고독한 객을 자처했고, 세상은 넓고 인간은 발길 닿는 곳마다 청산, 즉 무덤이 될 수 있다는 생각으로 기세 좋게 돌아다녔다. 벌써 십 년 전 이야기다. 다행히 귀밑머리에 서리는 내리지 않았지만, 그때에 비하면 정신은 크게 쇠퇴했다. 태평성대 세상에 겨우 남자 몸 하나 어쩌지 못하고 괴로워하며 에도지도 품에 넣고 히요리게다를 끌고 있다. 이미 교카와 하이쿠 덕택에 뼛속까지 익숙해진 에도 명소의 터를 애도하며 걷는 내 신세가 참으로 눈물겹다. 하우타(端唄 샤미센 반주의 짧은 속요)에 "풍류가 없어도 고통은 덜하고, 비루하고 조그만 오두막에도 달빛은 비추네"란 구절이 있듯 쓸데없이 슬퍼하고 분개하며 자길 괴롭히는 건 현인賢人이 갖출 행동이 아닐 터. 우리가 사는 도쿄가 아무리 추하고 더럽다 해도 여기 살면서 아침저녁을 보내는 한은 그 추악함 속에서 약간의 아름다움이라도 찾아내야 한다.

더러움 속에서 멋을 발견해 억지로라도 마음 편히 살도록 스스로 다짐하지 않으면 안 된다. 이것이 본래 나의 히요리게다 산책에 조금이나마 주의 아닌 주의를 기울이고픈 부분이다.

원래 도쿄는 면적과 인구만으로도 세계 굴지의 대도시다. 이 도시의 번영은 긴자 니혼바시처럼 번화한 거리를 거닐 때보다도 야마노테 언덕 위에서 아득히 도시를 내려다볼 때 누구나 쉽게 눈으로 확인하고 느낄 수 있는 감정이다. 이 도시에서 나고 자라 사계절 풍경 무엇 하나 진기할 것 없이 익숙해졌지만, 그래도 구단자카, 미타 히지리자카 혹은 가스미가세키자카를 오르락내리락하다 보면 그 웅장한 풍경에 나도 모르게 발걸음이 멎는다. 도쿄 시내의 훌륭한 모습은 언덕 위에서 내려다보면 제일 잘 보인다.

옛 풍경 가운데 명성 높은 곳은 아카사카 레이난자카 위에서 시바 서쪽 구보로 내려가는 에도미자카다. 아타고 산을 앞에 두고 니혼바시, 교바시, 마루노우치가 한눈에 내려다보인다. 시바 이사라고다이 위의 시오미자카도 천연 지형과 거리가 훌륭하며, 옛 명소 그림처럼 시나가와와 오다이바로 향하는 사람들이 여전히 많다. 오래전 에도 명소로 손꼽힌 지점은 이름뿐인 명소만은 아닌 셈이다.

요즘 시내 언덕 가운데 훌륭한 풍경을 조망할 수 있는 곳을 꼽아보자. 간다 오차노미즈의 쇼헤이자카는 스루가다이 이와사키 저택 문 앞 언덕과 마찬가지로 만세이바시 아래로 흐르는 간다 강을 내려다보기 좋다. 사이카치자카(스이도바시 내 스루가다이 서쪽)는 우시고메, 고지마치 고지대와 견줄 만큼 후지 산이 잘 보인다. 이다마치의 니고한자카는 외호를 지나 에도 강이 흐르는 곳 너머로 고이시카와 우시텐진 숲을 조망할 수 있다. 고이시카와 절 덴즈인 앞 안도자카는 때마침 이 전망과 대조를 이룬다. 또 곤고지자카, 아라키자카, 핫토리자카, 다이니치자카 모두 하나 같이 고이시카와에서 우시고메, 아카기반초 부근을 내려다보기 좋다. 이들 언덕 풍경 가운데 회화성이 강한 때는, 감색으로 물든 가을날 저녁 안개 속으로 사람 사는 마을에 등불이 반짝일 무렵 혹은 고지대 나무가 일제히 신록으로 갈아입는 초여름 청명한 날이다. 달 밝은 교교한 밤에 우시고메 가구라자카, 조루리자카, 사나이자카, 오우사카 주변을 서성이며 수로 제방으로 다가가면 수면에 고요히 너울거리는 노송의 그림자를 볼 수 있다. 누구라도 "도쿄 내에 이 같은 절경이 있었는가?" 하고 놀라지 않을 수 없으리라.

경치가 멋스러운 언덕도 있지만 조망이 전혀 없다고 버려지기엔 아까운 언덕도 있다. 찾아내고자 마음만 먹으면 그림이 되고 시가 될 만하다. 예를 들어 요쓰야 아이즈미초의 구라야미자카, 아자부 니노하시 건너편 휴가자카를 보자. 모두 근처에 사는 사람이 아니면 이름조차 모를 정도로 지극히 평범하다. 구라야미자카는 차가 올라갈 수 없을 정도로 급격하게 구부러졌는데, 한쪽 편 젠초지 절 무덤가 울창한 수풀이 햇빛을 막아 아무렇게나 꽂혀 있는 소토바(卒堵婆 경문 따위를 적어 무덤 뒤에 세운 뾰족하고 갸름한 나무판자)에 잡초가 무성히 자란 모습이 어쩐지 으스스한 언덕이다. 니노하시의 휴가자카는 기슭으로 흐르는 신호리 강 탁류와 강에 걸린 작은 다리 그리고 비스듬히 기운 언덕을 뒤덮은 팽나무 한 그루가 잘 어우러져 한 폭의 그림처럼 멋들어진 모습이다. '후리소데 화재'(1657년 에도에서 일어난 대형화재. 후리소데란 미혼 여성이 입는 소매가 긴 예복인데 옛날 한 소녀가 짝사랑하는 소년의 옷과 똑같은 모양의 옷을 만들어 즐겨 입다가 우연한 사고로 죽는다. 부모는 딸의 시신에 그 후리소데를 입혀주는데 화장 전에 절에서 일하는 이들이 그 후리소데를 벗겨 팔아버리고 다른 소녀가 그 후리소데를 입지만 그녀도 곧 죽는다. 사람들이 후리소데를 두려워하여 혼고 혼묘지에서 독경을 외며 불속에 후리소데를 던져 넣었는데 돌연 강풍이 불어와 불이 붙은 후리소데가 절의 본당 지붕으로 날아가 불이 붙었고 혼고에서 유시마, 스루가다이, 핫초보리, 니혼바시까지 불이 옮겨 붙어 3만 명 넘게 죽었다)로 유명한 혼고의 절 혼묘지 건너편 언덕은 기슭을 흐르는 하수와 작은 다리가 기억에 남는다.

아카사카 구이치가이에서 고지마치 시미즈다니로 내려가는 급한 언덕이나 가미니반초 부근 숲이 우거진 골짜기로 내려가는 언덕은, 눈썹 모양 하현달이 나무 끝에 걸린 겨울밤 커다란 저택에서 개 짖는 소리가 들려올 때면 여기가 도심인가 싶을 정도로 쓸쓸함이 묻어난다. 언덕은 경사를 따라 들어선 주택

담장이며 나무가 한눈에 들어올 때 시계視界가 가장 아름답다. 옛날 가슈 후작의 저택 담벼락이 이어지는 혼고의 구라야미자카나 아자부의 절 초텐지 담벼락, 아카몬이 보이는 잇폰마쓰자카가 그 예다.

나는 간다묘진 뒤편 혼고 쓰마고이자카, 유시마텐진 뒤편 하나조노초 언덕 혹은 조금 멀더라도 시로카네 절 가쿠린지 부근 언덕, 끝으로 우시고메 쓰쿠도묘진 뒤편 언덕과 아카기묘진 뒷문에서 고이시카와 가이타이마치로 내려가는 경사진 신사 뒤편 언덕이 어쩐지 특별하게 여겨져 지날 때마다 그 주변을 바라본다. 경사진 언덕에서 보면 신사의 도리이나 커다란 은행나무, 본당의 지붕, 울타리 등이 퍽 다채롭다. 혹은 주택가의 지붕 위나 골목의 막다른 길 등에도 생각지도 못한 변화가 있다. 나는 이런 조용한 언덕에서 아늑한 셋집을 발견하면, 용무도 없으면서 반드시 멈춰 서서 꼼꼼하게 벽보를 읽는다. 신사 경내 가까이에서 홀로 쓸쓸히 살며 독서에 빠져들고, 작품을 쓰는 고뇌에 빠질 땐 단벌 신사차림으로 겉옷도 걸치지 않은 채 마치 우리 집 정원인 양 사람 없는 뒤쪽 경내를 가만히 걸으며 까마귀가 나는 모습이나 봉납한 에마를 바라보면…… 무슨 생각을 할 것 없이 그저 멍하니 쉽게, 이 참기 어려운 시간을 소비할 수 있는 게 아닐까 싶다.

도쿄 언덕 가운데 언덕과 언덕이 골짜기를 이루는 움푹 파인 땅을 두고 양쪽으로 언덕이 솟아오른 곳이 있다. 앞 장에서 시내 공터에 대해 기술할 때 언급했던 사메가하시와 같은 곳인데, 앞뒤에 데라마치와 스가초 언덕이 서로 마주보고 있다. 고이시카와 묘가다니도 양쪽 고지대가 언덕이다. 고이시카와 야나기초에는 혼고에서 내려가는 언덕과 고이시카와에서 내려가는 언덕이 있는데, 이 둘이 서로 쌍을 이룬다. 이곳은 지세가 급하여 언덕과 언덕이 급격하게 붙어 있는 탓에 유쾌한 경치를 만들어낸다.

이치가야 다니마치에서 나카노초로 올라가는 샛길에 오래된 돌층계 언덕이 있다. 넨부쓰자카(念仏坂 염불외는 언덕)라 한다. 아자부 이쿠라 부근에도 비슷한 돌층계 언덕이 솟아 있다. 간기자카(雁木坂 기러기행렬 언덕)라 한다. 이들 돌층계 길을 보면 나는 나가사키 마을이 떠오른다. 그 까닭에 히요리게다 신고 딸깍딸깍 모서리가 마모된 돌층계를 위태롭게 한 계단씩 밟으며 부디 도쿄 토목공사가 이곳을 통행에 편리한 보통 언덕길로 만들지 않기를 남몰래 빌곤 한다.

석양 그리고 후지 산 풍경

에도의 서쪽 외곽 메구로에는 유후히가오카(夕日ヶ岡 석양 언덕)가 있고, 오쿠보에는 니시무키텐진(西向天神 서쪽 천신)이 있다. 둘 다 아름다운 석양을 볼 수 있기로 이름난 곳이었다. 그러나 이는 어디까지나 에도 때의 일이고, 오늘날 일부러 벽촌 언덕까지 지팡이를 짚으며 석양을 보러 가는 우매한 이는 없을 터다. 하지만 나는 요즘 빈번히 도쿄 풍경을 탐색하며 걸으면서 이 도시의 미관이 석양과 꽤 깊은 관계가 있다는 사실을 깨달았다.

멋들어진 니주바시(二重橋 에도 성 내 다리)의 경관도 성벽 위 소나무 가로수 너머 서쪽 하늘 일대에 석양이 타오를 때 가장 훌륭한 장관을 이룬다. 암녹색 소나무와 진한 자줏빛 저녁놀 그리고 석양으로 물든 붉은 하늘은 도쿄뿐만 아니라 일본 풍토 고유의 색채를 띤다. 노을 진 하늘은 수로 앞 하얗게 회칠한 토벽에 반사되거나 혹은 저녁 바람을 품고 나아가는 짐배 돛을 물들인다. 이 풍경 역시 의외로 아름답다. 그러나 석양과 도쿄의 미적 관계를 알아보는 가장 좋은 방법은 요쓰야, 고지마치, 아오야마, 시로카네 큰길처럼 서쪽을 향해 난 한 줄기 기다란 대로를 조망하는 것이다. 간다나 핫초보리 등의 강줄기, 또 스미다 강가 등은 석양의 아름다움을 말할 것도 없다. 저마다 각기 다른 멋을 지니고 있기에 그에 어울리는 특징이 있다.

이에 반해 고지마치에서 요쓰야를 지나 신주쿠에 이르는 큰길이나 시바 시로카네에서 메구로 교넌자카로 이르는 도로는 전부터 이상하게 그저 넓기만 하고 무엇 하나 이목을 끌지 못하는 변두리의 지저분한 길에 불과하다. 눈이 오나 달이 뜨나 풍치라고는 찾아볼 수가 없다. 바람이 불면 모래먼지로 나아갈 길이 보이지 않고, 비가 오면 진창에 사람들 뒤꿈치가 빠진다. 그런 무의미하고 살풍경한 야마노테의 큰길이 조금이라도 아름답니 어쩌니 하고 여겨지는 이유는 전적으로 석양 때문이다.

요쓰야, 아오야마, 시로카네, 스가모 각기 장소는 달라도 큰길이 뚫린 이들 마을 풍경은 어쩐지 비슷하다. 옛날 요쓰야 대로는 신주쿠에서 고슈나 오우메로 가는 길이었다. 또 아오야마 대로는 오야마로 가는 길이었으며, 스가모 대로는 이타바시를 지나 교토 가는 길로 이어진다는 건 에도지도를 보지 않아도 알 수 있다. 그런 까닭일까, 전차가 개통되어 도로 모습이 완전히 바뀌었음에도 아직 어딘지 역참 마을 냄새가 사라지지 않은 듯하다. 특히 넓은 큰길가에 외롭게 지는 겨울 해를 바라보며 북서풍 찬바람에 맞서 걷다 보면 왠지 머나먼 길을 재촉하고 있는 듯한 기분이 든다. 전차나 자동차 벨소리를 역로의 종소리라 여기고 싶은 것도 무리는 아니리라.

도쿄의 석양이 가장 아름다운 때는 새잎이 돋는 5월과 6월, 만추에 젖은 10월과 11월이다. 야마노테는 정원이든 울타리든 가는 곳마다 신록의 싱그러움이 흘러넘친다. 노을이 질 때면 그 나무들 사이로 올려다보이는 붉게 물든 하늘이 아름답기 그지없다. 시타마치 강가에선 찾아볼 수 없는 풍경이다. 야마노테의 그런 경치 가운데도 특히 숲속 나무가 울창한 곳은 절이나 신사 경내다. 조시가야의 절 기시모진, 다카다노바바의 잡목림, 메구로의 절 후도도, 쓰노하즈의 신사 주니소는 하늘을 뒤덮은 새잎 사이로 아름다운 석양이 드리움은 물론이요, 만추의 낙엽을 감상하기에도 적당하다. 노을 지는 그늘 아래로 낙엽 밟고 걸으면 강호에 묻혀 사는 시인이 아니더라도 얼마간 감개를 얻을 수 있으리라.

석양의 아름다움과 함께 논할 것이 시내에서 바라보이는 후지 산 원경이다. 석양이 지는 서쪽 거리에서는 대체로 후지 산뿐만 아니라 그 기슭으로 이어지는 하코네, 오야마, 지치부의 산맥까지 바라볼 수 있다. 아오야마 일대 거리는 지금도 후지 산이 잘 보인다. 그 밖에 구단자카 위 후지미초도리, 간다 스루가다이, 우시고메 데라마치 주변도 마찬가지다.

간사이 도회지에서는 후지 산을 보고 싶어도 볼 수 없다. 이에 에도 출신들은 수도의 물과 함께 후지 산 풍경을 에도의 가장 큰 자랑거리로 삼았다. "서쪽에 후지 산, 동쪽에 쓰쿠바 산"은 참으로 무사시노 풍경을 표현하기에 적합한 말이다. 분세이시대(1818~1830)에 호쿠사이가 『후지 36경』에 그린 니시키에 가운데 에도 시내에서 후지 산을 볼 수 있는 곳은 열 군데가 넘는다. 쓰쿠다지마, 후카가와 만넨바시, 혼조 다테 강, 혼조 이쓰메의 절 라칸지, 센주, 메구로, 아오야마 절 류칸지, 아오야마 온덴의 물레방아, 간다 스루가다이, 니혼바시 다리 위, 스루가초 에치고야 앞, 아사쿠사 절 혼간지, 시나가와 고텐야마, 거기에 눈 내린 고이시카와까지. 아직 이 그림들과 실제 경치를 하나하나 견주어보지는 못했다. 그러니 에도시대에 후카가와 만넨바시나 혼조 다테 강 주변에서 정말 후지 산을 볼 수 있었는지 없었는지 확신할 수는 없다.

하지만 호쿠사이나 그 문하생인 쇼테이 호쿠주, 또 히로시게의 판화는 오늘날까지도 도쿄와 후지 산의 회화적 관계를 찾아나서는 이에게 훌륭한 길잡이가 된다. 호쿠주가 네덜란드풍 원근법으로 그린 오차노미즈의 그림은 오늘날 우리 눈앞에 보이는 경치와 다를 바가 없다. 간다 성당 문 앞을 지나 오차노미즈로 가는 길 가운데 가장 높은 곳을 서성이다 서쪽 방향을 보면 왼쪽에는 건너편 강가 둑을 넘어 구단의 고지대가, 오른쪽에는 조병창 나무에 이어 우시고메, 이치가야 부근 나무들이 보인다. 그 사이를 흐르는 간다 강은 스이도바시에서 우시고메, 아게바 주변 강가까지 이어지고, 그 곁에 언제나 멀리 후지 산과 그 주변 산들이 이어진다. 모두 에도 명소 그림과 다를 게 없다. 하지만 후지 산 풍경 가운데 가장 아름다운 것은 역시 우키요에의 색채에서 보듯 초여름과 늦가을 석양에 비친 구름과 안개가 오색으로 빛나고, 산은 자줏빛으로, 하늘은 붉은 색으로 온통 물들었을 때다.

요즘 사람들의 취미는 대체로 히비야 공원에 전기등 비춘 고목을 보며 "예쁘다, 예뻐!" 하고 소리치는 것이지 싶다. 맑고 시원한 밤에 뜬 달빛을 칭찬하고, 봄바람에 한들거리는 매화꽃을 사랑하는, 고유한 풍토의 자연미를 경애하는 풍아風雅한 습관은 완전히 사라졌다. 도쿄에 석양이 비치는지 안 비치는지, 후지 산이 보이는지 안 보이는지에 집착하는 사람은 한 명도 없다. 만약 내가 문학자들에게 이러한 이야기를 한다면, 틀림없이 문단 전체가 날 아니꼬운 선생 대하듯 엄격하게 배척하리라. 하지만 곰곰이 생각해보면 이탈리아 밀라노는 알프스 산맥이 있기에 한층 더 아름답고, 나폴리는 베수비오 화산 연기로 인해 여행자의 마음에 깊이 각인되지 않는가. 도쿄의 도쿄다움은 후지 산을 조망하는 데 있다. 쓸데없이 의원 선거로 분주하다 해서 그걸 국민의 의무라 할 순 없다. 우리가 의미하는 애국은 고향의 미를 영원히 보호하고, 국어를 순화하는 데 최선을 다하는 것이 가장 큰 의무라 하겠다. 도쿄의 풍경이 완전히 파괴되려는 이때에, 나는 세상 사람이 수도 도쿄와 후지 산의 관계를 경시하지 말기를 간절히 열망한다. 안에이시대(1772~1780) 하이쿠 모음집 『명소방각집名所方角集』에 '후지 산 풍경'이 있다.

밝은 달 뜨니　후지 산 바라볼까　쓰루가 마을　　소류

반쪽만 보면　에도의 물건이니　녹지 않는 눈　　류시

후지 산 보며　잊지 않으려 하네　세밑이구나　　호마

십여 년 전 사자나미 산진(小波山人 작가, 아동문학가, 하이쿠 시인인 이와야 사자나미의 호) 문하에 모인 목요회 회원 가운데 라가운羅臥雲이라는 이목구비 수려한 청년이 있었다. 일본 사람처럼 일본어를 잘했고, 소산진蘇山人이라는 호로 하이쿠를 쓰거나 소설을 써서 늘 우리를 깜짝 놀라게 했던 재능 많은 친구였다. 그가 고향으로 돌아가며 한 구 읊기를,

봄이 가누나　후지 산도 절하며　잘 가라 하네

소산진은 중국 후난 성 관청에 일 년쯤 일하다 병을 얻어 다시 일본으로 놀러왔다가 얼마 후 아카사카 히토쓰기에서 숨

을 거두었다. 후지 산을 바라볼 때면 나는 소산진이 작별인사
삼아 부른 시구가 이따금 떠올라 애통한 마음으로 그를 그리워
한다.

자네는 오늘 학을 타고 가려나 후지 산엔 눈   가후

다이쇼 4년(1915) 4월

그 밖의 산책 수필

우에노 上野
백화원 百花園
후카가와 산보 深川の散歩

우에노

대지진 이후 우에노 공원도 옛 모습이 나날이 바뀌어간다. 산노다이 동쪽 벼랑에 무성하던 나무는 깡그리 불탔고, 벼랑 둘레 도로를 넓히면서 기슭을 깎아 시멘트를 발랐다. 히로코지 쪽에서 바라보는 공원 입구는 전과 정취가 사뭇 다르다. 이케노하타의 연못(시노바즈 연못)에 면한 뒷골목 버드나무 가로수역시 한 그루도 남김없이 불타버렸다. 연못과 도로 사이 도랑은 메워져 넓은 도로가 새로 개통됐는데, 이 도랑에는 쓰키미하시나 유키미하시라 불리던 작은 다리가 여럿 있었다.

우에노의 옛 풍경은 이제 고바야시 기요치카가 그린 판화에서나 볼 수 있다. 그의 판화를 보면 눈에 파묻힌 마른 갈대 너머 연못 가운데 한 점 꽃 같은 붉은 벤텐도 사당이 보이고, 게이샤가 남자 시중꾼과 함께 눈보라 속에서 우산을 오므려 들고 버드나무 아래 돌다리를 건넌다. 아마도 메이지 12, 13년쯤 제작된 판화리라. 당시 이케노하타 스키야초의 게이샤는 요즘 신바시의 화류계 기녀만큼 품격이 있었다. 메이지시대 우에노 풍경을 기술한 시문이나 잡서 대부분이 스키야초 유곽을 묘사했으니, 기요치카가 눈 내리는 연못 풍경에 게이샤를 넣은 것도 결코 우연이 아니다.

우에노는 간우 은사隱士라는 사람이 쓴 『도쿄지리연혁지東京地理沿革誌』에 따르면 메이지 6년에 공원이 됐고, 메이지 10년에 국내권업박람회가 처음 개최됐다. 신新공원 우에노를 묘사한 글로는 미쓰쿠리 슈헤이의 수필 『소서호가화小西湖佳話』(소서호小西湖는 중국의 명소 서호西湖에 버금간다는 시노바즈 연못의 다른 이름)를 뛰어넘는 작품은 아마도 없으리라. 미쓰쿠리 슈헤이는 난학(蘭學 에도시대에 네덜란드 서적으로 서양학술을 연구하던 학문)의 대가다. 에도시대 양학 교육기관 '개성소'의 교관이자 외교 통역관으로 유럽과 미국을 오갔고, 메이지유신 이후 사설학교를 세워 학생을 가르쳤다. 훗날 도쿄학사회원의 회원으로 추대되어 도쿄교육박물관장과 도쿄도서관장 등을 역임했으며, 메이지 19년 (1886) 12월 3일 향년 63세에 세상을 떠났다. 슈헤이는 막부 때부터 나루시마 류호쿠와 가까운 사이였기에 류호쿠가 편집한

문예지 『가게쓰신시花月新誌』 제44호부터 『소서호가화』를 연재했다. 우에노 공원 절경을 묘사한 글의 첫머리를 조금 훑어본다.

시노부가오카(忍ケ丘岡 우에노의 옛 이름)는 벚나무가 동북을 둘러싸고, 울창한 소나무와 삼나무가 뒤섞여 시노바즈 연못 서남쪽을 두른다. 호수는 연꽃으로 가득하고, 버드나무 녹음이 짙다. 구름 낀 산, 안개 핀 연못. 두 가지 아름다움을 모두 지녔다. 눈, 꽃, 바람, 달. 빼어난 사계절 경치가 한데 모였으니 이를 도쿄 우에노 공원이라 한다. 공원의 절경은 그뿐만이 아니다. 번화한 도읍 한가운데 있음에도 땅은 영묘하다. 이른바 비단 위에 꽃을 더한 듯 무엇과도 견줄 수 없는 절묘함이 있다. (중략) 오늘날 관리가 산수를 일부 손보아 공원으로 삼았다. 동산이 좌우로 수십 리. 말 탄 이도 오가고, 걷는 이도 오간다. 백성들 모두 이곳을 즐기어 아무리 걸어도 시간 가는 줄 모른다. 도읍에 사는 이의 행락지로 으뜸이다.

우에노 벚꽃은 도심의 벚꽃 가운데 꽃이 가장 빨리 피기로 유명하다. 야스카야마 공원이나 스미다 강둑, 고텐야마의 벚꽃이 그 뒤를 잇는다. 『소서호가화』에 "동쪽 언덕 숲 일대에 벚나무 아닌 것이 없다. 홑겹의 분홍빛 꽃잎을 틔우는 피안벚꽃이라 불리는 종이 가장 많다. 옛날에 요시노 산 벚꽃을 가져와 심었다 한다. 개화기는 매년 입춘 후 오류일 이내다."라고 쓰여 있다.
벚꽃이 만개한 광경을 보자.

꽃이 만발해 환히 빛나는 때는 흡사 온 산에 두루 분홍빛
구름이 무리를 이루는 듯하다. 봄의 경치는 화창하고 한가
로우며 꽃보라가 어지러이 흩날려 절벽에 분홍 아지랑이를
피우니, 관음보살을 모신 누각은 구름 위에 걸린 듯하다. 봄
안개로 채색된 시노바즈 연못은 일순 물빛을 바꾸며 도시
여인의 마음을 사로잡으니, 무리지어 나온 세간의 일족들
이 구름처럼 모여든다. 말과 소가 끄는 마차마저 화려하다.
말을 타고 안장 위에서 담소를 나누는 이들은 외국인 손님
이다. 준마가 끄는 천장 높은 사륜마차를 타고 가는 이들은
귀족이다. 미모의 소녀 한 무리는 가부키 선생을 따르는 제
자들이다. 품위 있는 여인들은 나인을 데리고 앞서거니 뒤
서거니 함께 걷고, 귀빈들은 하인 하녀를 거느리고 한 걸음
두 걸음 산책을 한다. 관리는 검은 모자에 은색 지팡이, 학
생은 짧은 옷에 굽이 높은 게다, 군인은 서양 옷을 입고 활
보한다. 문인은 호리병에 술을 넣어 홀짝이며 걷는다. 찻집
여종업원은 아름답게 차려 입고 요염하게 꾸미고는 웃음을
흘리며 손님을 부른다. 나무 아래 평상을 펴고 꽃들 사이에
자리 깔고 술을 데워 잔을 권한다. 노는 이들은 기쁨에 젖
어 노래하며 화창하고 한가한 봄날 흥을 즐기니, 서쪽으로

석양이 지고 저녁을 알리는 종소리가 애석할 따름이다.

우에노 공원뿐만 아니라 근처 야나카 절들을 비롯해 네즈 신사 주변까지, 예부터 도시인이 즐겨 감상하던 유서 깊은 벚나무는 많다. 사이토 겟신의 『동도세시기東都歲事記』를 보면 야나카와 닛포리의 절 요후쿠지, 교오지, 다이교지, 초큐인, 사이코지에 올벚나무가 있었다. 또 네즈 신사 내부와 야나카의 절 덴노지, 즈이린지에는 유명한 천엽벚나무가 있었다.

재작년 봄, 나는 모리 슌토(森春濤 에도 말에서 메이지 초에 살았던 한시 시인) 묘를 찾아 닛포리의 절 교오지에 들렀다. 그때 절 안에 오래된 벚나무가 한 그루 있었다. 나무기둥이 중간부터 굽었지만 말라죽지는 않아 가늘고 어린 가지 끝에 꽃을 틔우고 있었다. 또 올봄 야나카의 절 즈이린지에 있는 스기모토 초엔 묘를 방문했을 때는, 절 내 벚꽃은 이미 졌지만 문 밖에 늘어선 늙은 벚나무 몇 그루에 마침 꽃이 한창 피어 있었다. 나무기둥 굵기로 보아 에도시대의 유물이 아닌가 싶어, 나는 한동안 서성이며 멍하니 우듬지를 바라보았다. 이날 다이교지 절 앞을 지나며 우연히 『동도세시기』에 실린 올벚나무가 건재하다는 사실도 알게 됐다. 나는 수많은 벚꽃 종류 가운데 올벚나무만큼 기하학적 모양으로 아름다운 것은 없다고 생각한다.

야나카의 절 덴노지가 메이지 7년(1874) 이후 도쿄의 묘지가 되었음은 말할 필요도 없으리라. 무덤가 내 큰길 좌우에 우거졌던 오랜 소나무와 삼나무은 거의 말라죽고, 옛 사람의 시에 등장한 벚나무는 이미 사라진 듯하다. 네즈 신사의 꽃은 지금쯤 어찌 되었을까. 네즈 신사 앞이 게이오 4년(1868)부터 메이지 21년까지(1888) 대략 21년간 유곽이었다는 사실은 지금도 도시 사람들 사이에서 회자된다.『소서호가화』에도 적혀 있다.

연못의 북쪽 땅, 시노부가오카와 무코가오카(向ヶ岡 오늘날 도쿄 대학이 있는 분쿄 구 야요이 지역)는 동서로 대칭한다. 그 사이 일대 평탄한 땅에 유곽이 있다. 네즈라 한다. 지명은 신사 이름을 땄는데, 즉 네즈 신사다. 사당은 장대하고 아름답다. 일대를 동틀 녘 마을이라 부른다. 숲과 샘의 명승지다. 언덕, 뜰, 연못, 나무, 돌, 화초 모두 조화로운 경치를 이룬다. 정원에는 벚나무와 철쭉이 많아 자유로이 거닐며 나들이하기 좋은 땅이다. 신사 앞 사람들이 오가는 거리는 야에가키초, 스가초로 홍등가가 있다. 이미 덴포시대(1830~1844) 이전부터 있었으나, 이번에 재차 장을 열었다. 이제껏 몇 번이나 나라 법령이 새로 선포될 때마다 철거되고는 했다. 안세이시대(1854~1860)에 북쪽이 재해를 입으면서 임시관청이 들어서기도 했다. 메이지 초 무렵 관청에서 복원을 허락하여 다시 홍등가가 들어섰고, 하루가 다르게 번창하고 있다.

몇 해 전 나는 어느 서점에서 『요가여담^{饒歌余譚}』이라는 제목의 필사본 한 권을 구한 적이 있다. 저자는 노리조 쇼시간이라고만 되어 있을 뿐 그가 어떤 사람인지는 확실치 않다. 이 책에는 메이지 10년(1877)에 세이난전쟁(^{西南戰爭} 메이지정권에 반기를 든 사이고 다카모리가 일으킨 난)을 평정한 병사들이 제대 명령을 기다리는 동안 야나카 인근 사원에 머물던 모습이 나와 있다. 네즈와 고마고메 부근 거리를 꽤 정밀하게 묘사한 책이라 메이지 풍속사의 중요한 자료가 되리라 본다. 특히 당시 문서 가운데 네즈 유곽 내력을 소상히 적은 글이 의외로 적기에, 말이 길어지지만 개의치 않고 『요가여담』의 한 소절을 발췌하겠다. 쓸데없이 졸고의 매수를 늘려 돈을 벌려는 건 아니다. 메이지 도쿄를 풀어내면서 되도록 당대 문장을 인용해 시대상을 들여다보고 전하고 싶기 때문이다.

네즈의 신흥 유곽은 오늘날 제4구 6소구에 속한다. 삼면은 혼고, 고마고메, 야나카의 언덕이 둘러싸고, 남쪽 한 방향만 연못을 품는다. 매우 궁핍한 소규모 유곽이다. 크기는 대략 동서로 2정(丁 1정은 약 109m)이 안 되며, 남북으로 3정가량 된다. 마을은 일곱 개다. 유곽 바깥쪽인 시치켄초, 미야나가초, 가타마치 등은 예부터 쭉 상점가다. 유곽 안쪽인 아이소메초, 시미즈초, 야에가키초 등은 재건된 신시가지다. 유곽은 신시가지 가운데 3분의 1이다. 네즈 신사 안쪽에도 오래된 유곽이 있었지만 덴포 개혁 이후 영영 폐지됐다. 이러한 연고가 있는 땅이라 대규모 유곽인 아사쿠사 요시와라에 화재가 생길 때마다 여러 번 임시 거처가 설치되어 한때나마 번영한 적도 있다. 이후 게이오시대(1865~1868) 들어 민간기업인 마쓰바야의 누군가가 주도하여 정부 허가를 받고 동업자들과 함께 몇몇 곳을 경영했다. 그때 생긴 업소로 마쓰바야, 다이코쿠야, 오가와야(오늘날 히가시로로 바뀜), 요시다야(후에 없어졌으며 현재 요시다야는 다른 곳임), 가네사토야(후에 이와무라로 바뀌었다가 다시 요시노야로 바뀜)가 있다. 연립건물에 칸막이 친 업소로는 산푸쿠나가야, 에비스나가야에 각각 서너 집이 있다. 그러다 메이지유신 이후 점차 번창했다. 얼마 안 가 시마하라의 유곽이 폐지되자 그 무리가 옮겨왔다. 새것과 헌것이 서로 영예를 겨루며 한동안 둘 다 명성을 얻었다. (중략) 현재 오미세大楼라 불리는 큰 업소를 몇몇 적으면 마쓰바로(마쓰바야의 후신), 갓시로(다이코쿠야의 후신), 하치만로, 도키와로, 스가로, 미키로 등이 있다. 뒤이어 오이소야, 가쓰마쓰바, 미나토야, 하야시야, 신조반야, 요시노야, 이즈미야, 무사시야, 신마루야, 요시다야 등도 아름답다. 고켄五軒이나 쓰보네局라 불리는 작은 업소는 셀 수도 없다. (중략) 요정으로는 우메모토, 야마키, 이와무라와 같은 곳이 대단히 훌륭하다. 야마토야, 와카마쓰, 마스미카와는 옛날에 지어졌지만, 앞선 작은 업소보다 못하다. 유명한 게이 샤로는 고우메, 사이조, 마쓰키치, 우메키치, 후사키치, 마스키치, 스즈하치, 오가쓰, 고초, 쇼토쿠 등 약 40여 명을 꼽을 수 있다. 그뿐 아니라 술지게미 걷어가는 자부터 주점이나 생선가게, 목욕탕이나 미장원까지 천여 개 점포가 있다. 지역이 융성함에 따라 오늘날 시나가와, 신주쿠도 부럽지 않을 위세를 떨쳤다. 그러나 제아무리 크다 해도 요시와라에 비하면 반에도 미치지 않는다.

네즈 유곽은 한때 크게 번영했지만, 메이지 21년 6월 30일을 기점으로 철거되어 후카가와 스사키의 매립지로 이전했다. 홍등가 터는 점포나 하숙집으로 대체됐음에도 유독 하치만로 터만은 무코가오카 언덕 아래 그윽하고 고요한 정원 덕택에 유곽 건물 그대로 온천여관이 됐다. 당시 도심의 온천여관은 손님이 숙박하는 곳이 아니라, 연회를 즐기거나 게이샤나 창부를 남몰래 데려가는 곳이었다. 번화가에서 다소 떨어진 한적한 지역에는 반드시 있었다. 후카가와 나카마치의 보로, 고마고메 오이와케의 구사쓰온천, 네기시의 시호하라, 이카호 두 곳, 이리야의 마쓰하라, 무코지마의 아키바 신사 경내 아리마온천, 미나카미의 야오마쓰, 모쿠보지의 우에한 같은 온천여관이 그렇다. 메이지 7년에 간행된 『도쿄신번창기東京新繁昌記』에서 저자 핫토리 부쇼는 도심의 온천여관을 이렇게 묘사했다.

최근 곳곳에 온천여관이 문을 연다. 이름은 각 지역 유명 온천장에서 따온다. 예를 들면 이즈나나유, 아리마온천 등등. 이름만 온천이 아니라 온천물이나 탕화(湯花 온천 밑바닥에 침전하여 생긴 유황가루)를 가져다 물에 더한다고 한다. (중략) 그 가운데 최근 후카가와 나카마치에 문을 연 온천여관이 최고다. (중략) 배우 사와무라 씨가 새로 극장을 연다고 했는데 아직 완성되지 않았다. 이에 온천장을 열고 나카마치의 쇠한 기세를 만회한다는 심산이다. 건물 분위기는 유곽과 비슷하고, 옆에 작은 찻집이 여러 개 있다. 각종 술과 안주가 나오고, 게이샤들이 현을 타며 실력을 뽐낸다. 유곽의 찻집이나 다를 바가 없다. 온천장이란 본디 목욕도 하고 술도 마시고 잠도 자야 한다. 무릇 인간의 쾌락으로 목욕하기, 취하기, 잠들기만 한 것이 없다. 한 곳에서 세 가지 쾌락을 파는 자 또한 신新번창 가운데 하나다.

소설가 하루노야 오보로(春の家おぼろ 쓰보우치 쇼요의 별호로 '봄의 집 아련히'라는 뜻)가 쓴 『당세서생기질当世書生気質』 제14화에 메이지 18, 19년(1885, 1886)쯤 대학생이 창기와 함께 혼고 고마고메의 구사쓰온천에서 목욕하는 광경이 나온다. 이는 당시 풍속을 엿볼 수 있는 단면이리라.

구사쓰는 냄새도 강하고 명성도 높다. 약이 되는 본고장 온천물을 갖고 와서 유명해진 온천이다. 여름철 땀 식히고 가을철 국화 보고 산 즐기며 휴양하니, 손님 발길이 끊이지 않는다. 아직 10월 중순이라 단고자카의 인공 국화 정원이 문을 열지 않았으니, 온천여관은 붐벼도 욕탕 찾는 손님뿐이고 투숙하는 손님은 드물다. 하녀 대여섯 명이 모여 멀거니 손님을 기다리다가 돌연 덜그럭덜그럭 이인용 인력거 소리가 들리면 "네즈 유곽에서 흘러들어온 사람 아니면, 중절모를 쓴 권력가일거야." 하며 제각기 들떠 기다렸다는 듯 한목소리로 "어서 오세요!" 뱃심 좋게 외친다. 그리고 서둘러 손님을 맞으러 나갔다 또 한 번 놀라고 만다. 남성은 순진한 시골뜨기 서생.

네즈 유곽인 하치만야 터의 온천여관은 메이지 30년(1897)쯤에 '시메이칸紫明館'이라 불렸다. 그즈음 나는 오시카와 슌로, 이노우에 아아, 두 망우亡友와 함께 소토간다 게이샤를 데리고 밤새도록 술을 마신 적이 있다. 인력거 너덧 대를 이끌고 커다란 현관문에 다다랐는데, 하녀가 우릴 맞이한 광경이 작품 속 묘사와 별반 다를 바가 없었으리라.

　네즈 신사 앞에서 시노바즈 연못 북단으로 나오는 좁고 더러운 거리는 미야나가초다. 아직 전차 선로가 놓이지 않을 무렵, 주변 골목길 풍경에 흥미를 느껴 졸저 「환락歡樂」에 묘사했다. 메이지 42, 43년(1909, 1910)경 모리 오가이 선생은 학창 시

절을 회상하며 「이타·섹스아리스ヰタ·セクスアリス(라틴어로 성적 생활)」와 「기러기雁」라는 제목의 소설 두 편을 썼다. 「기러기」의 등장인물과 배경은 메이지 15, 16년(1882, 1883)의 일이리라. 선생이 메이지 17년(1884)에 대학을 졸업했으니, 하루노야 오보로가 『당세서생기질』에 그린 시기와 같다. 소설은 한 대학생이 어스름한 저녁에 시노바즈 연못 위를 날아가는 기러기에게 돌을 던져 죽이고 밤이 오길 기다렸다 연못으로 들어가 기러기를 잡아 도주한 사건에 이어, 주인공의 친구가 졸업을 기다리지 못하고 독일 유학을 떠난다는 이야기로 끝을 맺는다. 오늘날 시노바즈 연못 주변은 교통이 매우 혼잡한 땅이기에 산책하던 서생이 해질 녘 연못가에 잠든 물새를 훔쳐 달아날 수는 없으리라. 그러나 당시 네즈에서 혼고에 이르는 연못 부근은 유난히 한적했고 인적도 드물었다.

> 그즈음 네즈를 흐르는 작은 도랑에서 지금 세 명이 서 있는 물가까지, 갈대가 한 쪽에 무성했다. 마른 갈대 잎은 연못 중앙으로 갈수록 드문드문해지고 누더기 같은 시든 연꽃잎과 구멍이 송송 뚫린 꽃송이가 얼기설기한 데다 잎이나 꽃송이 줄기는 종종 꺾여 날카롭게 솟아 있어 풍경에 황량한 정취를 더한다. 암갈색 줄기 사이로 열 마리쯤 되는 기러기가 거무스름하면서 둔하게 반사되는 수면 위를 유유히 오간다. 개중에는 멈춰 움직이지 않는 것도 있다.

「기러기」 속 풍경 묘사다. 아마 이케노하타 시치켄초에서 가야초로 이어지는 둔치에서 연못을 바라봤으리라. 오가이 선생은 풍경을 묘사하기에 앞서 작중 인물이 후쿠치 오치(福地桜痴 에도시대 무사이자 메이지시대 작가 겸 정치가였던 후쿠치 겐이치로, 필명 고소吾曹) 저택 앞을 지난다고 했다. 그의 저택은 시타야 가야초 3초메 16번지에 있었다. 그는 당시 〈도쿄니치니치신문〉에 소위 '고소吾曹의 정론政論'을 발표하며 한 시대의 지도자가 되고자 했으나 좁다란 마을에서는 '이케노하타의 그분'으로 불렸다. 그가 고비키초 아이히키바시로 이사한 후에도 가야초에 있던 저택은 한참 그대로 남아 있었다. 경쾌한 이층집이었으며 문과 담 또한 결코 위엄 있다 할 수 없었다. 우리 눈에는 부유한 상인의 은둔지나 요릿집이 아닌가 싶을 정도였다. 오늘날 신사들이 즐겨 짓는 저택과는 완전히 다른 취향이었다. 가야초 언덕은 혼고 무코가오카 언덕을 등지고, 동쪽으로 시노바즈 연못과 우에노 전경이 내려다보이는 훌륭한 땅이다. 그러나 전에 여기 살던 지인의 말에 따르면 토지가 음습하여 여름에는 모기가 많고, 겨울에는 연못 위로 불어오는 동풍을 막을 것이 없으니 한기가 심하여 몹시 살기 힘들다고 한다.

시노바즈 연못 주위는 메이지 16, 17년쯤 매립되어 경마장이 되었다. 메이지 18년이라는 설도 있다. 나카네 기요시의 『향정아담香亭雅談』에 "올봄 도시의 신분 높은 이들이 상의하여 연못 주변에 경마장을 만들었다. 공사가 시작되어 무척 혼란스럽다.

그러나 예전 풍치는 그대로 남아 있다."라고 되어 있다. 『향정아담』의 서문을 보면 계미년 늦봄 메이지 16년에 발행했다고 되어 있지만, 권말에 실린 요다 갓카이의 발문을 보면 메이지 19년 2월이다. 이 책에는 시노바즈 연못가에 살던 에도시대 문인들 이름이 실려 있다. "예로부터 도심의 명승지를 꼽을 때면 먼저 소서호 주변 산수를 들었다. 핫토리 난카쿠, 야시로 린치, 시미즈 사자나미, 야나가와 세이간, 후카가와 에이키 등이 일생에 한 번 이곳에 터를 잡았다. 그 이래로 문인이나 운사韻士가 적지 않게 살았다."

핫토리 난카쿠(服部南郭 에도시대 한시인 겸 화가, 교토 태생으로 에도로 올라와 시를 지었으며 문하생들이 줄을 이었다 한다)가 시노바즈 연못가에 산 건 그의 문집을 통해 보건대 교호시대(1716~1735) 첫 해 무렵이다. 얼마 안 가 혼고로 옮겼고 다시 시바로 이사했다. 『난카쿠 문집南郭文集』 첫째 편 4장에 이때 지은 시 두 수가 실려 있는데 이는 그중 하나다.

이 한 몸 뉘일 초가집 조릿대 물가 그늘에 두었으니
가을바람이 쉬어가라며 긴 옷자락을 잡아끄네
재주는 있으나 때를 만나지 못해 기나긴 세월 눈물을 흘렸
도다
사통팔달 편리한 고을에서 오래오래 책을 쓰고자 하니
저녁 무렵 숲속은 무수한 까마귀로 어둡다

세월이 흘러 강이며 수목이며 자연은 깊어만 가고
사람의 마음은 호수 바다 하늘 먼 곳을 떠다닌다
머나먼 타향에서 온 손님이라 방종함을 절제하게 되누나

야시로 린치는 막부 서기를 맡았던 저명한 고증가 야시로 다로다. 시미즈 사자나미는 일본학자 무라타 하루미의 문하생 시미즈 하마오미다. 둘은 모두 오타 난포와 비슷한 시기 사람이다. 나는 아직 그들이 시노바즈 연못가에 살던 연대를 조사하지 못했다. 하이카이 시인 에이키도 역시 과인의 지식이 미치지 못한다. 시인 야나가와 세이간은 덴포 10년(1847) 여름부터 겨울 사이에 화가 사카마키 릿초라는 사람의 집에 기거했다. 이는 졸저 『시타야 총화下谷叢話』에 기술한 바 있다. 『향정아담』에는 나와 있지 않지만, 핫토리 난카쿠의 문하생 미야세 씨(류 류몬劉龍門이라 한다)도 메이와, 안에이 때 시노바즈 연못 주변에 살았다. 오타 난포가 장성하여 류 류몬 밑에서 시를 배운 일은 내가 이미 『훈재만필薰斎漫筆』이란 글에서 다룬 적이 있다.

난카쿠와 류몬은 시노바즈 연못이란 이름이 주는 온화하기 그지없는 느낌을 싫어했다. 작품 속에서 소지篠池, 즉 조릿대 연못이라 썼다. 세이간(星巖 에도시대 한시인)과 그 문하의 시인은 연당蓮塘이라 쓰고 중국 항주의 명소 서호와 견주어 소서호라 불렀다. 세이간이 시노바즈 연못을 읊은 열 편의 시 가운데 "천상에서 내리는 아름다운 가루가 소서호를 장식하네"가 그러한 예다. 메이지유신 이후 세이간의 문하생 요코야마 고잔이 성을 오노라 바꾸고 고향 오우미에서 상경하여 시노바즈 연못가에 누각을 짓고 새로운 시 모임을 만들었다. 메이지 5년(1872), 임신년 여름의 일이다. 고잔은 유신 때 분주하게 나랏일에 공헌함을 인정받아 권변사權弁事 직을 얻었으나 얼마 안 가 사임했다. 그의 스승인 세이간은 풍류의 터를 그리며 "연꽃 연못가로 욕심을 내려놓은 늙은이들 모여드니 참으로 우리들 집은 더위를 잊게 하는 물가로구나"라고 했다. 그러나 얼마 후 고잔은 거처를 간다 고켄초로 옮겼다. 내가 전해들은 메이지시대 시노바즈 연못에 거처를 둔 유명 인사는 앞서 말한 후쿠치 오치, 오노 고잔 외에 전각가 나카이 게이쇼와 미쓰쿠리 슈헤이 정도다.

대단히 산만하지만, 메이지시대 우에노 공원에 대해 보고 들은 바를 적어봤다. 메이지시대 도시인들은 절 간에이지가 불타고 남은 터인 우에노 공원에서 봄에는 꽃을 보고 가을에는 달을 보며 사시사철 풍광을 입이 마르게 칭찬했다. 곧 명승지가 되어 때론 외국 귀빈을 데려와 대접하고, 때론 산업박람회 등을 개최했다. 오늘날 쇼와시대에도 이러한 풍습이 이어져 공원은 해가 갈수록 평범하고 세속적으로 변해간다. 지금은 그저 병든 나무가 난립한 공간에 낡아 못 쓰게 된 옛 절이나 쓰고 남은 박람회 건축물이 있을 뿐이다. 내게 발언권이 주어진다면 이렇게 주장하고 싶다. 현재 도쿄 시내 모습을 생각하면 우에노 공원 터는 자칫 협소해질 우려가 있다. 공원 내 건축물은 중앙박물관과 동물원을 빼고는 학교와 다른 건물을 모조리 공원 밖으로 이전시키고, 야나카 일대 땅을 공원으로 편입해 예부터 전해오는 사원과 묘지를 보존해야 한다. 시민 주거지를 다른 지역으로 옮긴다면 어느 정도 규모 있는 공원을 만들 수 있으리라.

닛포리에서 도칸야마 부근 언덕까지 메이지 30년(1897) 무렵만 해도 공원까진 아니더라도 비슷하게 한적했다. 우에노 공원의 동쪽 기슭에 철도 정거장이 들어선 시기는 메이지 16년 7월이다. 정거장과 철도 선로 부지는 메이지유신 전에는 시타데라라 불리던 간에이지 소속 작은 절이자 사당이었다. 이 땅에 정거장이 생기고 기차가 오가면서 우에노 공원은 정취가 크게 망가졌다. 지금 우에노에 있는 정거장이나 창고는 애초 수상 운송이 편리한 아키하바라 부근에 지었어야 했다. 그러나 신도시 제반 시설을 이미 다 갖춘 뒤에 비난해봤자, 병이 깊어진 후에 치료법을 강구하는 것과 무엇이 다르겠는가. 도시 도쿄는 왕정복고 이후 벌써 60년 세월이 지났음에도 아직 방화대책이나 위생장비 같은 필수 설비조차 제대로 갖추지 못했다. 도시를 논하면서 공원과 같은 공터의 틀을 두고 이러니저러니 말이 많은 건 우매하기 짝이 없는 짓이리라.

쇼와 2년(1927) 6월

백화원

　　산책하러 가자는 친구가 오면 나는 무코지마 백화원(에도 시대에 센다이 출신 골동품상 사하라 기쿠로가 스미다 강 인근 토지를 매입해 조성한 민영화원)으로 향한다. 흡사 노인이 이따금 석간신문을 손에 들자마자 재빨리 야담 아코기시덴(赤穗義士伝 충신 무사들의 복수담 주신구라忠臣蔵의 다른 말) 같은 이야기를 읽는 것과 비슷하리라. 노인은 돋보기의 힘을 빌려 신문에 실린 야담을 읽는다. 노인에게 아직 기력이 있을 무렵 한낮 만담공연장을 다니며 친근하게 귀로 듣던 이야기에 비하면 어처구니없을 만큼 앳된 예능인의 졸렬한 야담이지만, 노인은 지루한 줄 모르고 읽고 또 읽는다. 내가 기쿠로의 정원을 찾는 것과 닮았다. 노인이 돋보기의 힘을 빌리 듯, 나는 전차와 승합자동차를 타고 무코지마로 간다. 반쯤 시들어버린 병든 나무 아래 서서 별반 새롭지 않은 비문을 읽고, 이젠 낡아 못 쓰게 된 정자 툇마루에 걸터앉아 하수나 다를 바 없는 연못물을 바라본다. 그렇게 지루한 줄 모르고 반나절을 보낸다.

　노인이 석간신문에 눈길을 주는 것은 마침 신문이 눈앞에 펼쳐져 있는 탓이다. 신문에 실린 세상 소식이 아무리 중대한 사건이라 해도 노인에게는 아무런 지장을 주지 않는다. 달리 눈 둘 곳 없기에 기껏해야 야담에나 눈길을 줄 뿐이다. 이미 노인은 야담 내용을 알고 있다. 얼마나 진부하고 재미없는지는 읽기 전부터 벌써 다 예상한다. 잘 모르는 새것보다는 익히 아는 것이 차라리 마음 편하고 부담 없이 느껴져 자신도 모르는 사이 한 문장 한 문장 쫓아가며 야담을 독파하는 것이리라. 나도 그렇다. 요즘 도쿄 안팎에 새로운 공원이 생기고 유원지가 개장한다는 소식을 듣기는 해도 일부러 산책을 나가고 싶은 마음이 들지 않는다. 그보다는 역시 익숙한 백화원을 걸으며 병든 나무와 어지러이 자란 풀을 멍하니 보는 편이 낫다. 그나마 불쾌한 기분은 들지 않으므로.

　기쿠로의 백화원은 잘 알려졌듯 가메도무라의 매화정원과 쌍벽을 이루어 신바이소新梅荘라 불렸다. 그러나 매화가 차츰 말라죽고 메이지 43년 8월에 수해를 크게 입은 끝에 지금은 단한 그루도 남지 않았다. 수해를 입기 전년만 해도 정원에 매화 나무가 몇 그루 있었다. 어느 꽃 피는 계절에 매화가지 끝에 작은 종이 몇 장이 묶여 있기에 아무 생각 없이 손에 쥐었더니 〈미야코신문〉 광고전단지였다. 어이 없어 할 말을 잃은 나는 순식간에 산책이고 뭐고 흥이 식어 곧장 발길을 되돌려 나왔다.

이삼 년 전 초여름 어느 날, 간다 고켄초도리에 있는 어느 고서점 앞을 지나다가 다카하시 쇼엔 군과 이케다 다이고 군을 우연히 만났다. 나는 특정한 목적지 없이 막연히 산책을 하고 있었다. 그 둘은 오전부터 극장에 있다가 연극 연습이 생각보다 빨리 끝나 함께 서점에 들렀다고 했다. 책방 주인은 나와 안면이 있는 사이였다. 뜻밖의 만남에 기분도 좋고 하여 가게 앞에서 이야기꽃을 피웠다. 책방 주인은 새로 사들인 고서 니시키에를 자진해서 꺼내 보여주었다. 그림을 감상하며 시간을 보냈음에도 초여름 해는 아직 높이 떠 있었고, 식사시간까지 공백이 꽤 있었다. 그렇다고 이들을 데리고 산책을 갈 만한 데도 딱히 없었다. 우에노 공원 숲이 눈앞에 있었지만 선뜻 갈 마음은 들지 않았다.

우리는 일단 자동차에 올랐다. 문득 대지진 이후 무코지마가 어떻게 되었을까 하는 이야기가 나와 차를 동쪽으로 돌렸다. 이윽고 아즈마바시를 건너고 마쿠라바시까지 건넜음에도 마땅히 갈 곳이 떠오르지 않아 하는 수 없이 백화원으로 향했다. 무코지마에 오면 백화원에서 쉬는 게 옛 사람의 습관이었

다. 이미 오래전에 황폐한 백화원을 본 적이 있어 새삼 방문할 가치가 없다는 사실을 알고 있었지만 어엿한 어른이 된 우리는 아무도 토를 달지 않았다. 이러니저러니 말을 보탠다면 흡사 칠십 노인을 붙들고 생명보험 가입계약서를 쓰라고 권하거나 다마노이(玉の井 무코지마의 매춘 마을) 여인에게 몹쓸 병에 걸리지 않았느냐고 따져 묻는 것만큼이나 아둔한 짓이 될 터다. 누구도 차 안에서 백화원 가는 길을 막지 않은 이유리라.

우리는 사회에서 새것을 접할 때마다 비판의 소리도 함께 접한다. 요즘 사람들은 정치나 학문, 예술이나 일상생활을 하나하나 감별하고 비판한다. 그러니 감상하고 음미하는 재미에 도취될 기회가 없다. 평소 남몰래 이를 서글프게 여기던 차였기에 옛 시대 흔적인 백화원이 어떻게 폐허가 되었는지를 논할 마음은 들지 않았다. 보존할 방법은 무엇인지, 회복 대책은 있는지를 강구하는 일 따위는 시대의 동향에 반하는 일일뿐만 아니라 이미 때를 놓쳤다. 우리는 시라히게 신사 근처에 내려 정원 정문까지 걸어가면서 마음속으로 조용히 생각했다. 정원이 황폐하다면 그 모습 그대로 바라보고 싶다. 조금이라도 황량하고 적막한 기분을 맛볼 수 있다면 기대 이상의 행운이리라.

미리 각오했지만 예상대로였다. 그러니 상심할 것도 분할 것도 없었다. 석탄 타르를 흘려보낸 듯한 새까만 하수 도랑을 따라 울타리 사이 오솔길을 걸어 들어갔다. 어린잎 그늘 아래 파릇파릇한 이끼는 빛깔이 선명하고 은은한 들장미 향기가 코

끝을 간질였으며 등에가 떼 지어 날아다니는 소리가 들렸다. 정원 내 땅을 빌려 지은 조악한 이층짜리 요릿집을 지나자 정문이 모습을 드러냈다. 정문 처마 밑에는 글씨도 알아보기 힘든 난포의 현판이 걸려 있다(백화원은 에도시대 문인들의 살롱 역할을 했으며 교카 작가로 이름을 떨친 오타 난포의 글이 걸려 있었다). 이것은 예로부터 백화원을 찾는 사람들의 발걸음을 붙들었다.

문 안으로 들어서면 왼쪽에 기와집이 한 채 있고, 툇마루 끝에 도자기나 그림엽서들이 나란히 놓여 있다. 기와집 앞 평탄한 정원 가운데는 매화나무가 시들어 잘려나간 뒤 썩어 못쓰게 된 정자만 있을 뿐 아무것도 없다. 나카이 세키 옹이 자신의 저택에서 옮겨 왔다는 우물 돌담은 방치되어 있고 그런 사연이 적힌 푯말 글씨는 비에 더러워져 읽기 어려웠다. 연못까지 넓이가 삼사백 평은 되는 듯한 화원은 화초 모종이 겨우 한두 뼘 자라 있을 뿐이다. 화원 북쪽, 지반이 다소 높은 곳에 오나리자시키(御成座敷방문객들이 쉬었다가 가도록 지은 집)라 불리는 목조건물이 있다. 배롱나무 거목으로 만든 툇마루 끝에 걸터앉으면 연못과 정원 전경이 알맞게 한눈에 들어온다. 아직 화초 모종이 다 자라기 전이라 오솔길 쪽도 훤히 보인다. 끝에서 끝까지 아무것도 눈앞을 가로막지 않기에 어느덧 해질 녘이었음에도 환한 느낌이었다. 연못 주위에는 갈대가 자라 있었다. 물은 검게 물을 들인 치아처럼 까맣고, 연꽃은 뿌리조차 사라졌는지 뜬 잎도 마른 잎도 없었다. 이 계절이라면 성가시도록 들려야 할 개구리

울음소리도 들리지 않았다. 새의 지저귐이나 까마귀 우는 소리도 들리지 않았다. 꽃 피는 계절도 아닌 탓에 시간도 늦어 정원을 보러 오는 사람은 없었다. 우리는 그저 뜰 안에 자란 하코네 병꽃나무와 연못 저편 딱 한 그루 남은 노송에게만 시선을 주었다. 정원 주인 사와라 씨와는 오랫동안 안면이 있는 사이다. 하녀를 시켜 다과를 가져오게 하고 창고에서 그림 두세 점을 꺼내 보여주더니 직접 만든 토기에 하이쿠를 써 달라고 청했다. 우리는 거절하고 발걸음을 강둑으로 옮겼다. 이미 날이 완전히 저물어 오가는 차에 불이 켜 있었다.

쇼와로 원호가 바뀌기까지 이삼일밖에 남지 않은 때, 우연한 기회에 비슷한 취향의 친구 두셋과 함께 툇마루 끝에 앉아 여전히 꽃 없는 백화원을 마주했다. 지난 초여름 저녁나절 보러 왔을 때만 해도 아직 새싹이던 가을꽃은 서리를 맞아 시들어 잘려나가고 줄기만 남았다. 정원 구석구석에서 마른풀과 낙엽을 태우니, 그 연기로 정원 안이 온통 흙냄새로 가득했다.

나는 친구를 돌아보며 꽃이 없는 계절에 백화원을 다시 찾지 않아도 될 같다고 말했다. 친구는 웃으며 "꽃이 피지 않을 무렵에 와보고 또 꽃이 지고 난 무렵에 와보는 일은 두번천(杜樊川 당나라 시인 두목의 별칭)이 녹음 드리운 가지에 열매만 가득하누나(옛 여인을 찾아가니 이미 시집 가 두 아이의 어머니가 된 안타까움을 토로한 시)라고 탄식한 것과 비슷하지. 이게 바로 진정한 풍류가 아니겠나." 하고 답했다. 그러자 옆에서 다른 친구 하나가

"화단에 꽃이 없음은 있어야 할 것이 있어야 할 곳에 없는 일인진대 이걸 보고 기뻐하다니, 이보다 괴상한 짓은 다시없을 걸세. 풍류는 알지 못해도 괴상함은 아는 자가 세상에는 더러 있나보더군." 하고 받아치는 바람에 모두 웃음을 터트리며 자리를 떴다.

쇼와 2년(1917) 6월

후카가와 산보

나카스(中洲 강 가운데 모래톱이란 뜻으로, 스미다 강 중간쯤인 니혼바시나카스를 이르며 옛날에는 달맞이 명소로 뱃놀이 인파가 붐볐다) 강가에 옛 친구가 병원을 차렸다는 얘기는 『주오코론中央公論』에 연재하는 글에도 쓴 적이 있다. 병원은 나중에 하코자키 강(箱崎川 니혼바시나카스에서 니혼바시 강까지 흐르던 하천, 1970년대 초 매립됐다) 도슈바시 근처로 옮겨 갔으니, 나카스에서 그리 멀지 않다. 나는 요즘도 진찰 받고 돌아오는 길에 언제나처럼 기요스바시를 건너 후카가와 마을을 걷는다. 어떤 날은 넋을 놓고 걷다가 해가 저무는 바람에 당황해 서둘러 전차에 오르기도 한다. 언덕이 많은 야마노테에 오래 산 나는 이따금 유유히 흐르는 스미다 강을 볼 때마다 괜스레 건너고 싶다. 비가 올 듯한 날에는 안개 자욱한 강줄기 보는 즐거움에 산책이 한결 흥겹다.

　기요스바시라는 철교가 나카스에서 후카가와 기요즈미초를 건너는 강가에 생긴 것은 쇼와 3년(1928) 봄이다. 승합차 외에는 전차도 다니지 않아 오가는 사람이 적다. 마침 이 다리 부근을 중심으로 강줄기가 부드럽게 서남쪽으로 굽어 있어, 다리 중간쯤에서 남쪽으로 에이타이바시, 북쪽으로 신오하시가 가로지르는 강물 풍경이 한눈에 들어온다. 서쪽 나카스 강가로 향하면 하코자키 강 어귀가 보이고, 동쪽 후카가와 강가로 향하면 아득히 아부라보리(油堀 시모노하시와 기바를 잇는 운하로 1970년대 말 매립됐다) 초입에 놓인 시모노하시가 바라보인다. 근처 센다이보리(仙台堀 고토 구 중앙부를 동서로 잇는 운하)에는 가미노하시가, 오나기 강 어귀에는 만넨바시가 걸려 있다. 양쪽 기슭의 운하는 다양한 운송선으로 혼잡하다. 시내 강변 풍경 가운데 가장 활기차고 변화 많은 곳이리라.

　어느 날 나카스 강가에서 기요스바시를 건널 때였다. 문득 만넨바시 부근에 있던 바쇼의 암자 터와 맛사키 이나리 신사는 대지진 이후 어떻게 되었을까, 하는 생각이 들었다. 찾아가보니 기요스바시 건너 남쪽 아사노시멘트 제조공장은 여전하여 예의 그 무시무시한 건물과 굴뚝이 솟아 있다. 반대 방향으로 발걸음을 옮기니 창문 없는 납작한 창고가 즐비한 가운데 좁은 골목길 하나가 굽이굽이 나 있다. 서양 옷에 짚신을 신은 경비원이 궐련을 입에 물고 걸어 다닐 뿐 인적이 드물었다. 돌연 지붕 위에서 까마귀 울음소리가 들려왔다. 고요한 길을 한 발짝 두 발짝 걸어 곧장 만넨바시를 건너면 강기슭 북쪽으로 또다시 납작한 창고와 허름한 집이 스미다 강 하구까지 늘어서 있다. 이것들이 강의 조망을 차단하는 탓에 비좁은 도로가 더 좁게 느껴졌다. 한편으론 물가 옆에 바쇼 암자 터가 신사로 보존되고 길 건너 맛사키이나리 사당에 새로운 돌기둥이 우뚝 솟은 모습에, 도쿄 생활이 아무리 바빠져도 옛 풍류가의 흔적을 아직 없애지는 않는구나 싶어 안도했다.

돌기둥 앞 골목을 돌아 스미다 강둑을 따라 가다가 승합선 선착장 언저리에서 다시 발길 닿는 대로 걷다 보면 롯켄보리(六間堀 오나기 강과 다테 강을 잇는 수로, 1950년대 초 매립됐다)에 걸린 사루코바시라는 지저분한 목조다리가 나온다. 다리 위에서 지팡이를 멈추고 바라보면 꾀죄죄한 함석지붕 이층집이 양쪽 강둑으로 탁수를 쏟아내고, 창문마다 넝마 조각이 휘날린다. 그 사이사이 가파른 작은 목조 다리가 몇 개나 걸린 마을 풍경은 오늘날 쇼와나 옛날 메이지나 크게 다를 것이 없다. 예전 그대로 궁상맞은 마을 풍경을 보면 이십 년 전 죽은 친구 A와 함께 종종 근처 옛 절을 방문한 일, 더 거슬러 올라가 그로부터 십 년 전 내가 만담가의 제자가 되어 주변 만담공연장인 도키와테이 무대에 오른 일 따위가 선명하게 떠오른다.

롯켄보리라고 불리는 하수로는 만넨바시 부근에서 똑바로 북쪽 혼조 다테 강으로 이어진다. 도중에 동쪽으로 향하는 지류는 절 미로쿠지 울타리 밖으로 흐르고, 도미카와초나 히가시모토마치의 좁고 더러운 거리를 가로질러 다시금 오나기 강과 만난다. 시타야의 샤미센보리가 메워진 이래 시내 수로 가운데 롯켄보리만큼 음산하고 불결한 물길은 없으리라.

나의 죽은 친구 A는 메이지 42년부터 44년 무렵 롯켄보리를 따라 난 히가시모리시타초 뒷골목 나가야(長屋 길쭉한 공동 목조주택)에 살았다. 히가시모리시타초에는 지금도 초케이지라는 절이 있다. 대지진 이전, 경내에 바쇼 옹의 하이쿠를 새긴 비석과 대도★盜 닛폰자에몬 무덤이 있어 유명했다. 그즈음 전찻길에서도 골목 끝에 솟은 누각이 보였다. 닛폰자에몬 무덤과 롯켄보리 강가 사이 나가야가 무질서하게 들어서는 통에 울퉁불퉁 걷기 힘든 골목이 제멋대로 나 있었다. 주민들은 마을을 오쿠보 나가야 혹은 유칸바(湯灌場 불교에서 관에 넣기 전 시신을 씻는 장소) 오쿠보라고 불렀고, 마을 골목 가운데 다소 널따란 길을 '말 등 신작로'라 불렀다. 그 골목길이 복판은 높고 집들과 면한 가장자리는 낮아 말 등과 비슷해서 붙여진 이름이었다. 길에 익숙하지 않은 사람은 걸어가다가 꼭 게다 끈이 끊어졌다. 또 롯켄보리의 동쪽 뒤편으로 오천 석 영토를 지닌 쇼군 직속 무사 오쿠보 분고노카미 저택이 있었다. 메이지 말경까지 무너져가는 무사 주택은 그대로 남았기에, 이곳과 수로 건너편 모리초 3초메를 잇는 작은 다리를 오쿠보바시라 불렀다.

　이런 이야기는 친구 A에게서 들었다. 후에 나는 에도시대 무사연감을 조사해 가에이 3년(1850) 무렵 오쿠보 분고노카미 다다요시라는 사람이 에도 막부 관직에 올랐다는 사실을 알아냈다. 도쿄지도에도 메이지 8, 9년(1875, 1876)경까지 에도시대 지도와 마찬가지로 오쿠보 저택을 표시해놓았다. 내가 모미야마 데이고 군과 함께 월간지 『분메이文明』를 편집할 때 친구 A가 후카가와 요가라스라는 필명으로 오쿠보 나가야 이야기를 쓴 적이 있다. 그중 한 구절을 소개한다.

　유칸바 오쿠보 저택·터. 왜 유칸바라고 부르는 걸까. 초케이지 절의 유칸바와 오쿠보의 저택이 인접해서 생긴 이름이다. 골목으로 들어가면 오른편에 다섯 칸짜리 나가야가 있다. 두 번째 칸이 오히사의 집, 바로 내가 임시 거처하는 집이다. 오히사는 본래 시타야 게이샤로 일을 그만두고 이 년 넘게 나를 돌봐주고 있다. 한마디로 내연의 처다. 오른쪽 이웃은 전화기 버튼 제조 기술자, 왼쪽 이웃은 양철 기술자다. 양철 기술자의 아내는 남편 벌이가 신통찮아 굴뚝을 청소하거나 날품을 판다. 아이는 다섯 명이나 된다. 배가 불러와 입이 늘어날 일을 걱정하며 되도록 유산시키려 제대로 먹지도 않고 판자 사이에 꼭 끼어 앉거나 홍수가 났을 때도 허벅지 부근까지 닿는 흙탕물을 일부러 걸어 다녔다. 그래도 오동통하게 살찐 건강한 남자아이를 낳았다.

우리 집은 다다미 두 장과 다다미 네 장 반짜리 방 두 칸이 전부다. 큰방에는 직사각형의 목제 화로와 서랍 두 짝, 책상이 있다. 나와 오히사, 오히사의 어머니와 언니 이렇게 넷이 사는데, 어느 날 집에 친구를 열 명쯤 초대해 연회를 열었다. 우선 툇마루에 평상을 폈다. 큰방에 담요를 깔고 한가운데 식탁을 놓았다. 화로를 부엌으로 옮기고, 어머니와 언니도 부엌으로 퇴각했다. 경계에 갈대발로 짠 문도 세웠다. 오히사는 작은방에 있으면서 술병과 안주를 날랐다. (중략) 그날 상황을 쭉 써보면 이렇다. 좋은 술 두 되, 안주로 소금 넣고 삶은 누에콩과 절인 오이, 박고지 대신 와사비 넣은 김초밥을 냈다. 선물용 과자상자를 주문해 주택 이웃들에게 돌렸다. 의형제가 신세를 많이 집니다, 하고 누군가 짐짓 점잔을 떨며 집집을 돌아다녔다. 이웃 일동은 답례로 큰 접시에 초밥을 보내왔다. 서화용 종이를 사와 여럿이 글씨와 그림을 그려 넣었다. 오히사의 샤미센 연주에 맞춰 누군가 오치우도(落人 도망가는 사람이라는 뜻의 가부키 곡명, 밀회를 하다 도망가는 남녀를 다룬 노래)를 읊고, 오히사는 세이신(清心 가부키 곡 십육야세이신을 이름, 성문에 목이 매달린 도적을 다룬 노래)을 읊었다. 각자 숨겨뒀던 재주를 드러내며 열한 시까지 와자지껄 떠들었다.

때는 메이지 43년 6월 9일.

당시 전차에서 기술자가 신문을 읽는 일은 없었기에 사회주의 선전은 아직 후카가와 뒷골목 주택가까지 이르지 못했다. 대나무 격자창에는 나팔꽃 화분이 놓였거나 때론 풍경이 걸렸다. 집 가까이 모든 이웃과 친했다. 나가야 주민은 도쿄 변두리에서 나고 자라 다들 옛날 미신과 관습을 염두에 두고 살았다. 양복 입고 수염 기른 이는 순사 아니면 구세군처럼 완전히 다른 세상 사람이었다. 그들은 언어나 풍습도 다르리라 믿었다.

나는 요가라스가 유칸바 오쿠보의 뒷골목 나가야에 은거하며 문단이나 세상과 교류하지 않은 채 초연히 홀로 좋아하는 곳에서 하이쿠를 즐기는 모습을 보면서, 그야말로 진정으로 에도시대 고유의 하이쿠 시인 기질을 이어받은 사람이라며 마음 깊이 존경했다. 그는 어릴 때 한문을 배웠다. 제국대학 입학을 앞두고 병을 얻어 학업을 포기했다. 몇 년 후 메이지 35, 36년(1902, 1903)쯤부터 수험안내서나 강의록을 출판하는 출판사에 취직해 20엔 안 되는 급료를 받으며 십 년간 출판물을 교정하고 살았다. 하이쿠뿐만 아니라 문장력도 뛰어났음에도 사람들이 아무리 권유해도 단 한 번도 돈 받고 글을 팔지 않았다. 요가라스에게 처음 하이쿠 짓는 법을 배운 한 동료는 몇 년 후 느닷없이 일가를 이루고 하이쿠 잡지를 간행하기도 했다. 이때도 그저 웃을 뿐이었다. 그 사람이 시를 지어달라고 부탁할 때마다 기분 좋게 지어주면서 도무지 대가는 받지 않았다.

야마노테에 사는 사람들이 의미 없는 체면에 사로잡혀 허

황된 명성을 얻으려 안달하는 반면 요가라스는 뒷골목 나가야의 빈민 생활이 훨씬 청렴하고 자유롭다며 기뻐했다. 몹쓸 병을 얻어 마음먹은 뜻을 이루지 못했지만 남은 생을 이곳에서 은거하며 지냈다. 요가라스가 쓴 일기 가운데 가족과 함께 변두리의 작은 연극을 보러 간 날이 기록되어 있는데, 이를 통해 요가라스의 인생관과 그 시대 풍속을 엿볼 수 있다.

메이지 44년 2월 5일.
오늘은 후카가와자深川座에서 연극을 보려고 일찍 퇴근했다. 제본 가게 주인아주머니와 오히사한테 먼저 걸어가라고 했다. 나는 30분 정도 뒤에 나가 전차를 탔다. 그런데 레이간초에 이르러 시골에서 막 상경한 듯한 열여덟, 열아홉쯤 되어 보이는 피부가 창백한 소녀가 앞에서 돌연 자질구레한 화장도구를 엎질렀다. 피할 새도 없이 정면으로 나의 단벌 외출복에 쏟아졌다. 나는 당황해서 어쩔 줄을 모르는데, 소녀의 오빠로 보이는 군인은 말이 없고 아버지로 보이는 농부만 쉴 새 없이 사과했다. 소녀는 등을 구부린 채 살금살금 전차에서 내렸다. 화가 치밀어 오르고 울화통이 터졌지만, 크게 성을 낼 기백은 없었다. 재난을 입었다고 체념했다. 같이 탄 다른 승객들이 애써 나를 가엾게 여기며, 소녀와 그 일행이 뻔뻔하고 얼간이 같다고 욕했다. 내 옆에 다른 사람도 당했다. 눈썹을 찡그리며 무릎 닦는 아주머니나 버선 끝이 더러워진 기술자도 있었다. 하지만 내가 제일 큰 피해를 입었다.

구로에초에 내려서 주인아주머니와 오히사를 만났다. 오히사에게 방금 이런저런 일이 있었다고 이야기하니, 우리는 걸어오고 자기 혼자 편히 전차를 탄 벌이라며 웃으면서도 더러워진 겉옷을 보고 울상을 지었다. 다행히 아주머니 남편의 여동생 집이 하치만구 앞이었기에 가서 겉옷만 문질러 빨아달라고 했다. 추위를 견디며 공원에서 기다리다 극장으로 들어가 앞쪽 관람석에 앉았다. 안내원은 신지로라고, 오히사와 친한 남자였다. 첫째 막은 「사카이의 북酒井の太鼓」이었다. 자에몬 역에 에이쇼, 젠자부로 역에 라이조, 다도승 역에 이에야스, 마장 역에 초쇼, 도리이에 고라이 사부로, 우메가에다에 시산소가 맡았다. 도구는 지저분하고, 배우는 대사를 잊어 말이 막히고, 연기하는 무대 뒤에서 못 박는 소리가 크게 나서 대사는 잘 들리지 않았다. 다른 데서는 잘 볼 수 없는 광경이었다. 작은 극장 건물은 꽤 추웠다. 아래층에 어린 아이 우는 소리며, 돌아다니지 말라고 화내는 날카로운 안내원 목소리도 귀에 거슬렸다. 중간 막은 「가와쇼河庄」였는데 고하루 역에 시산소, 지헤이 역에 라이조, 마에고몬 역에 고라이 사부로, 다헤에 역에 에이쇼, 젠로쿠 역에 초코였다. 둘째 막 「고우치야마河內山」에서는 초코가 분발을 했다. 마쓰에 후작 역에 라이조, 악당 역할은

미치토세와 고라이 사부로가 맡았다. 기요모토가 나오는
장면은 어린 여자가 담당했는데 정말 끔찍이도 못했다. 기
예를 수행해 엔큐다이라는 예명도 있는 오히사는 한 구절
한 구절 들을 때마다 비난을 쏟아 부었다. 죄인을 잡아넣는
장면에서 연극이 끝났다는 북이 울렸다. 주인아주머니가
초밥을 가져온 덕에 아무것도 안 사먹었더니, 축의금을 포
함해 총 2엔 23전이 들었다. 극장 앞에서 주인아주머니와
헤어지고 돌아오는 길에 둘이서 메밀국수 집에 들어갔다.
걸어서 히가시모리시타초 집으로 돌아온 시각이 마침 밤
12시.

예전 후카가와자가 있던 거리는 대지진 이후 완전히 변했
다. 영화관 부근인지 아니면 공설시장 부근인지, 어쩌다 산책을
나온 나로서는 도무지 알 수가 없다. 옛날 구로에바시는 오늘날
구로카메바시쯤이리라. 그러니까 옛 엔마도바시 근처다. 지금은
사원도 모두 새로 지었을 뿐더러 교통도 급작스레 혼잡해졌다.
이 근처 마을은 무슨 정책을 세워서 마을을 부흥시켜보겠다는
것도 없고, 사람들로 하여금 추억을 기억할 만한 여유도 주지
않는다. 전에 메이지자 배우들과 함께 전차를 타고 신교지 절의
쓰루야 난보쿠 묘를 방문한 것이나 거기서 그리 멀지 않은 아
부라보리의 산카쿠야시키三角屋敷 터를 찾아간 것은 벌써 십여 년
도 더 지났다(산카쿠야시키는 저택 터가 아니고, 수로로 둘러

싸인 마을 일부가 삼각형을 이루기에 붙은 이름이다).

오늘날 후카가와는 서쪽으로 스미다 강둑, 동쪽으로 스나마치 경계까지 나무 한 그루 풀 한 포기 없다. 불타버린 공터에 자란 잡초를 제외하면 푸른색은 단 한 가지도 눈에 들어오지 않는다. 대지진으로 초토화된 땅 위에 임시로 지은 어수선한 건물과 가옥 틈새로 새로 깐 드넓은 일직선 도로, 예부터 흐르던 몇 줄기 운하만이 가로세로 꿰뚫을 뿐이다. 더할 것도 덜할 것도 없이 그런 모습이다.

새로 닦인 시멘트 도로는 센다이보리를 따라 구로카메바시에서 후유키초를 관통하는 후쿠사도리, 오나기 강 동쪽을 따라 기요스바시에서 나카 강을 건너는 기요사도리다. 두 줄기 신작로가 서쪽에서 동쪽으로 후카가와 마을을 가로지른다. 남북으로 통하는 세 줄기 신작로에는 전차가 다니지 않는다. 모두 어디를 걸어도 폭이 넓고, 길가 주택가는 낮고 좁다. 곳곳에 널찍한 공터가 있어 푸른 하늘이 끝없이 펼쳐진다. 눈에 들어오는 것은 뜬구름 외에 저 멀리 놓인 다리 철골과 가스탱크뿐이다. 소리개나 까마귀는 그림자조차 보이지 않고, 멀리 공장에서 둔탁한 기계음만 바람 소리인 양 들려온다. 낮에도 거리 걷는 사람을 보기 힘들다. 가끔 스쳐가는 승합차에는 여차장이 졸린 얼굴로 앉아 있다. 저녁놀에 물든 구름을 올려보고 밝은 달을 감상하든, 조용히 생각에 잠겨 하릴 없이 걷든 후카가와만큼 좋은 거리도 없다. 그래서 시타마치에 볼일 보고 돌아가는 길에는 으레 후카가와 마을 변두리에서 스나마치까지 새로 난 도로를 걷는다.

어느 날 길을 걷다 문득 기욤 아폴리네르의 『앉아 있는 여인』이라는 소설이 떠올랐다. 평화로운 교외 상파뉴에서 태어나 파리의 미술가가 된 한 청년이 폭격으로 초토화된 고향으로 돌아온다. 그는 옛날 고요하던 마을이 전쟁 후 물질문명의 편리한 도구를 모아놓은 신시가지로 완전히 바뀐 모습을 목격하고 비애와 함께 한 가닥 희망을 느낀다. 시대 흐름에 따라 소설 속 청년이 탐미적인 관념으로 변해가는 장면이 심오했다.

대지진 이후 도쿄는 곧바로 복원되면서 외관이 크게 바뀌었다. 시멘트 깔린 신작로를 산책하며 새로운 시대의 후카가와를 보고 있자니, 늦은 감이 있기는 하지만 나도 슬슬 구시대의 탐미에서 벗어날 때가 온 것 같은 기분이다. 기바 마을에 옛날 그대로 수로가 있음에도 서양 기호문자가 붙은 미국 소나무 더미를 본다면 누가 이곳을 "복숭아꽃 많으니 후시미와 비슷하네 (교토 후시미 성터는 복숭아꽃으로 유명하다)"라 하겠는가. 모터보트 소리를 들으며 "교각 양 끝에 유채꽃 피었네"라고 노래를 흥얼거리던 나루터를 떠올릴 사람은 없다. 하치만구 뒤편에서 와쿠라마치에 이르는 아부라보리에 있던 나루터를, 나는 그저 꿈처럼 떠올릴 뿐이다.

후유키초의 벤텐 신사는 신작로 옆에 간신히 명맥을 유지하고 있다. 그러나 치주 옹이 읊조리던 "보름달이여 돈을 주세요, 그런 말 없는 세상 그리워"라는 하이쿠 비석이 있음을 아는 사람이 얼마나 되겠는가(덧붙이면 후유키초라는 이름도 한때 폐지될 뻔했는데 마을 사람들이 안타까워한 데다 고증가인 시마다 쓰쿠바 씨가 옛 기록을 조사한 소형책자를 발행하면서 겨우 모면했다).

벤텐 신사 앞을 지나 드넓은 후쿠사도리를 똑바로 걷다 보면 센다이보리를 따라 이윽고 오요코 강둑이 나온다. 센다이보리와 오요코 강, 두 물줄기가 교차하는 부근은 운하에서 물을 끌어올린 저수지가 주변에 펼쳐지고, 크고 작은 신식 시멘트 다리가 여럿 뒤섞인다. 운하의 물도 어느 정도 깨끗하고, 오가는 짐배도 많지 않으며, 다리 위 달리는 트럭도 적다. 물이며 땅이며 눈에 들어오는 것은 목재와 철관뿐이다. 목재 냄새 품은 강과 바람의 청량함이 한층 선명하게 느껴진다. 후카가와에서도 옛날 육만 평이라 불리던 이곳만큼은 의외로 공기가 좋다.

사키카와바시라는 신식 시멘트 다리를 건너며 맞은편에 비슷한 다리 뒤편으로 갈대가 조금 자란 물가에 숯처럼 시커먼 마른 나무 두 그루가 하늘을 찌를 듯 솟아 있다. 대지진으로 불탄 은행나무나 소나무 고목이리라. 단조로운 운하 풍경이 거대한 고목 덕에 돌연 활기를 띤다. 또 저 멀리 흐릿한 공장 건물을 배경으로 암울하고 새로운 시대의 그림이 그려진다. 시멘트 다리 위를 목재 저장소 관리인처럼 보이는 변변찮은 작업복 차림의 남자가 아기 업은 젊은 여자와 몸을 바싹 붙이고 걸어간다. 다리를 건너는 두 사람의 그림자가 수면 위에 일렁이며 그들의 발소리가 어렴풋이 사라지는가 싶더니, 곧바로 멀리 공장에서 일제히 저녁을 알리는 기적이 울린다. 나는 어쩐지 샤르펜티어가 즐겨 작곡하던 오페라라도 듣는 듯했다. 시멘트 신작로는 오요코 강을 건넌 뒤에도 쭉 동쪽으로 뻗어 짓켄 강을 가로질러 스나마치 공터까지 이어진다. 스나마치는 후카가와 변두리의 쓸쓸한 마을과 비슷한 정취가 있기에, 나는 적막이 그리울 때마다 갈대숲을 가르며 즐겨 찾는다. 기회가 된다면 스나마치에 대한 글도 쓰고 싶다.

쇼와 9년(1934) 11월

부록

『히요리게다』 해설 : 도쿄가 도쿄답게 존재하려면
도쿄의 변천 : 에도부터 헤이세이까지
주요 산책 지도
연보 : 나가이 가후 생애 및 산책로

도쿄가 도쿄답게 존재하려면

때는 다이쇼 2년(1913), 본명 나가이 소키치永井壯吉, 즉 나가이 가후는 미타에 위치한 게이오 대학에서 강의를 마치면 쓰키지에 있는 셋집으로 향했다. 프랑스에서 돌아온, 말쑥한 신사복에 나비넥타이를 맨 대학교수는 개인 시간이 되면 변모한다.

남달리 키가 큰데도 나는 항상 히요리게다를 신고 박쥐우산을 들고 걷는다. 아무리 맑게 갠 날이라도 히요리게다에 박쥐우산이 없으면 안심이 되지 않는다. 도쿄 날씨는 일 년 내내 습기가 많아 도무지 믿음이 가지 않는 탓이다.

'히요리게다'는 맑은 날 신는 게다인데 갈아 끼우는 굽이 다소 낮은 것이 특징이다. 에도시대에 남자라면 거리를 활보하는 한량들이, 여자라면 물장사를 하는 이들이 신었다. 모양은 네모지고 색은 검게 칠한 것이 많았다. 그러니까 가후는 에도 화류계를 들락거리던 사람들이 신던 게다를 신고, 손에는 '박쥐우산'을 든 것이다. 박쥐우산은 서양우산인데, 메이지시대 들어 유통된 고급품이었다. 그전까지 일본인은 전통종이를 겹겹이 붙여 만든 우산을 쓰고 다녔다. 천으로 만든 서양우산은 방수도 잘 되고 튼튼해서 메이지·다이쇼시대 신사들이 '박쥐'라고 부르며 애용하는 물품이었다.

『가후 전집荷風全集』에는 히요리게다 신고 산책하는 가후의 자화상이 실려 있다. 그는 가벼운 기모노 차림에 헌팅캡을 쓰고 히요리게다에 박쥐우산을 들고 길을 나선다. 그럴 때면 표정마저 평소와 사뭇 다르다. 다른 사진 속에 자주 등장하는 신사복 차림의 당당한 문인 가후도, 전통복장을 격식 있게 차려입은 닛폰유센 지점장의 장남 가후도 아니다. 히쭉 웃는 얼굴은 흡사 장난기 많은 소년에 가깝다. "자, 이제부터 다들 긴장해. 내가 깜짝 놀라게 해줄 테니." 그런 말이라도 내뱉을 듯한 표정이다. 뭔가 의미심장한 행동을 하기 전에 감도는 특유의 확신에 찬 미소도 얼핏 보인다. 그렇게 별난 모습으로 가후는 쓰키지의 집을 뒤로하고 '어슬렁어슬렁 걷기'에 나선다.

『히요리게다』를 연재하기 전해인 다이쇼 2년, 오늘날 게이

오센이라 불리는 조후-사사즈카 간 철도가 개통되며 도쿄는 점차 넓어졌다. 거리의 가스등은 더 밝고 안전하며 편리한 전기등으로 교체됐다. 이듬해인 다이쇼 3년(1914)에 컬러 영화가 개봉하고, 우에노 공원에서 열린 도쿄다이쇼박람회에서 소형자동차가 이목을 끌었다. 미쓰코시 백화점이 신축되면서 첫 엘리베이터가 가동되고, 그해 12월에 도쿄 역이 들어섰다. 현재 도쿄에 없어서는 안 될 것들이 이때 만들어졌다. 새로운 조명과 이동수단, 오락거리가 도시에 한창 큰 변혁을 가져오던 즈음에 가후는 『히요리게다』를 썼다. 긴자 카페 단골손님이면서 공연 때마다 제국극장을 찾고 훗날 일본에 오페라를 전파한 장본인 가후가 당시 풍속을 몰랐을 리 없다. 가후는 매일 전차를 타고 전등불 아래서 여배우나 하얀 에이프런을 두른 여급과 맥주를 마셨다. 하지만 어찌된 일인지 그 모습은 『히요리게다』에 등장하지 않는다.

얼마 전 아자부 아미시로초 부근 뒷골목을 지날 때였다. 벼랑 위에서 불어오는 여름 바람에 활동사진이나 고쿠기칸(国技館 스모 전용경기장), 만담공연장 따위의 선전용 깃발이 나부끼는 얼음가게 앞이었다. 열대여섯 살쯤 되어 보이는 여자아이가 밖에서도 훤히 보이는 안쪽 거실에 앉아 기요모토(清元 요염하고 아름다운 샤미센 반주의 노래)를 연습하는 걸 보고는 언제나처럼 스윽 발걸음을 멈추었다.

가후의 글은 급격히 변화하는 도쿄의 틈새를 다룬다. 화려한 조명으로 장식한 극장 뒷길에 낡아 누르스름해진 얼음가게의 깃발. 가후의 관심은 이렇게 사라져가는 에도의 유산에 쏠렸다. 가게 안쪽 소녀는 샤미센을 들고 기요모토를 연습한다. 기요모토는 가부키의 반주음악으로 발달한, 특유의 샤미센 곡조에 애달픈 가사가 아우러진 노래다. 에도시대 말기에서 메이지시대까지, 시타마치 소녀들이 흔히 배웠다.

> 요쓰야와 아카사카 두 구의 고지대에 끼인 골짜기 아래 이 저지대 빈민굴은, 수로와 분뇨선과 제조공장이 펼쳐진 물가의 빈민가와 대조적으로 언덕과 벼랑과 나무가 펼쳐진 야마노테 빈민가를 대표하는 곳이리라. 요쓰야 쪽 언덕에서 보면 빈민가의 양철지붕이 나무숲의 절과 무덤가 뒤쪽 벼랑 아래 다닥다닥 포개지고, 그 사이로 간간이 지저분한 세탁물이 바람에 휘날린다.

요쓰야와 아카사카는 오늘날 도쿄의 중심이다. 고층빌딩과 고급호텔이 즐비하다. 당시 가후는 에도부터 이어져온 가난한 서민의 생활을 바라봤다. 분뇨糞尿를 가득 실은 배들이 오가고, 공장 사이사이 집들이 끼어 있고, 무덤가 옆에 기다란 집이 늘어선 모습은 문명개화와는 동떨어진 생활이었다. 펄럭이는 빨래처럼 초연히 삶을 살아내는 사람들 모습을, 가후는 그려내고 있다.

가후는 한손에 에도지도를 들고 어슬렁어슬렁 걷는다. 그의 산책로는 오늘날 도쿄순환선 야마노테센 안쪽을 총망라한다. 그러나 에도지도에도 메이지, 다이쇼지도에도 없는, 직접 걸어보지 않고서는 알 수 없는 부분들이, 사실 가후의 산책길에 중요한 포인트였다.

아무리 정밀한 도쿄 시내 지도라 해도 골목은 그리 선명히 나와 있지 않다. 어디로 들어가서 어디로 나올지 혹은 어디로도 나올 수 없는 막다른 길인지는, 그 골목에 살 때야 비로소 알 수 있는 것인지도 모른다. 한두 번 골목을 걸었다고 쉽게 판단할 수 없다.

지도에도 없고, 공식적이지도 않은 남모르는 골목길. 그래도 마을사람들에게 없어서는 안 되는 생활의 길. 가후의 발걸음은 그쪽으로 향한다. 도쿄에 사는 사람은 각양각색이다. 에도시대부터 쭉 살아온 사람도 있고, 새로 모여든 시골학생이나 날품 파는 노동자도 있다. 다들 어딘가에 살며 삼시세끼를 먹고 목욕을 한다. 거리는 빠르게 변하지만 인간의 삶이란 그리 간단히 변하지 않는 법이다. 특히 에도시대부터 삼백 년 이상 대도시의 명맥을 이어온 도쿄에는 나름의 생활이 있다. 올라갈 때와 내려갈 때 계단 수가 바뀌는 '도깨비 계단'처럼 지역 사람들이 계단에 붙인 애칭이나 아파트 한 귀퉁이에 있는 이상한 보살상, 좁게 붙어살다보니 들려오는 "오늘은 비가 많이 오네." 같은 이웃의 일상대화, 집 앞 가득 늘어선 나팔꽃이나 꽈리 화분들은 비단 가후의 시대뿐만 아니라 백 년이 훌쩍 지난 오늘날까지 이어지고 있다.

현대 도쿄도 '어슬렁어슬렁 걷기'를 나서면 옛 에도를 느낄 수 있다. 공터는 공원이 되고 강을 메워 도로를 만들어도 지명에는 옛 모습이 남아 있다. 우에노上野는 높은 땅을 이루고 시부야渋谷는 골짜기를 이룬다. 니혼바시日本橋에는 다리가 있고 고코쿠지護国寺에는 절이 있다. 오늘의 빌딩숲 사이사이로 가후가 본 것들이 분명히 남아 있다. 백화점 옥상에는 신사가 있고 다닥다닥 술집들이 늘어선 건물 근처에는 여우를 모신 이나리 신사가 있다. 여우는 분명 요즘 사람들이 바느질했을 새빨간 두건을 쓰고 있다. 여우 상 앞에는 무슨 무슨 꽃들이 놓여 있다. 혼고에는 지금도 어두컴컴한 구라야미자카(暗闇坂 어둠 언덕)가, 메지로에는 차도 지날 수 없을 만큼 경사가 급한 무나쓰키자카(胸突坂 가파른 언덕)가 있다. 지하철을 타보면 갑자기 지상으로 올라오거나 지하로 들어간다. 도쿄에 언덕과 골짜기가 많은 탓이다. 도쿄 거리의 본질은 지형의 기복에서도 느낄 수 있다.

나는 잡초가 좋다. 제비꽃, 민들레 같은 봄풀이나 도라지,
여랑화 같은 가을풀에도 뒤지지 않을 정도로 잡초가 좋다.

공터에 무성한 잡초, 지붕에 난 잡초, 길가 도랑 주변에 자라는 잡초를 사랑한다. 공터는 말하자면 잡초의 화원이다. 비단처럼 가늘고 아름다운 '금방동사니' 이삭, 털보다도 부드러운 '강아지풀' 이삭, 따사롭고 연붉은 '개여뀌' 꽃, 산뜻하고 창백한 '질경이' 꽃, 모래알보다 작고 새하얀 '별꽃', 하나하나 들여다보면 잡초도 제법 그럴싸하게 가련한 정취가 있지 않은가.

바쁜 사람들, 관심이 없는 이들에게 공터에 가득한 풀은 모두 '잡초'다. 하지만 가후는 그 잡초에도 에도로부터 전해오는 이름이 있음을 기록한다. 잡초는 이름을 모르면 구분하기 어렵다. 금방동사니, 강아지풀, 개여뀌, 질경이, 별꽃 모두 눈에 띄지 않는 작은 꽃이지만, 가후는 그 소소한 생명에 관심을 기울인다. 유달리 소박한, 아이들이 소꿉놀이 할 때 꺾어다 쓰던 길가의 풀꽃들에게.

『히요리게다』에서는 마디마디마다 작고 수수한 생명을 찾아내는 눈길이 느껴진다. 보잘 것 없는 것들도 도쿄가 도쿄로 존재하는 본질을 파악하는 데 필요했으리라. 가후의 시점은 현재까지 이어지는 보편적인 무언가를 그려낸다. 가후는 단순한 에도학자도 아니며, 서양학자도 아니다. 그는 자유로웠다. 자신이 좋아하는 바를 이야기하고 또 행동했다. 사당, 절, 나루터, 공터, 언덕, 골목을 걸었다. 당시 사람들이 일상이라 주목하지 않던 장소를 마치 여기 좀 보라는 듯 발걸음을 멈추고 묘사했다. 가후가 멈춰선 장소야말로 도쿄라는 마을의 본질을 만들어가는 곳이었다. 가후는 쓸모없는 것, 사적인 것을 쓴다고 하면서도 실은 이것들이 얼마나 중요한지 『히요리게다』를 통해 호소한다.

근대화가 진행되고, 전차가 보급되고, 세상 사람들이 편리하고 새로운 것을 정신없이 쫓아가는 동안 사라져 가는 것은 무엇일까. 활동사진이나 레코드에 자리를 내어주고 역사의 뒤안길로 숨어버린 것은 무엇일까. 가후는 꿰뚫어보았다. 도쿄가 도쿄답게 존재하려면, 도쿄 사람이 도쿄 사람답게 존재하려면 에도시대로부터 이어져 내려온 당연하고도 일상적인 것들이 필요하다는 사실을. 도쿄라는 도시와 그 속에 살아가는 사람들이 긴 역사와 문화 속 뿌리를 상실하고 만다면 얼마나 빈약해질 것인가. 그 까닭에 가후는 붓을 들었다. 도쿄에 남겨둬야 할 것들을 기록하기 위하여.

오토와 베니코音羽紅子

에도부터 헤이세이까지

일찍이 에도는 시골이었다. 가마쿠라막부가 들어설 즈음 정권의 중심에서 가까웠지만, 가마쿠라시대(1180~1333) 이전이나 이후 에도시대(1603~1868)가 막을 열기까지는 정치, 경제, 사회, 문화의 중심이 교토와 오사카가 있는 간사이(관서) 지방에 편중해 있었다. 간사이 사람들은 에도를 궁벽한 촌이라며 얕잡아 보았다. 지금은 표준어에 가까운 에도 말씨도 당시 교토 귀족에게는 촌스럽고 투박한 사투리에 불과했다. 그들은 하코네 너머를 귀신이 사는 땅이라 불렀다. 교토를 기준으로 에도는 하코네보다도 한참 더 동쪽에 있었으니, 에도의 위상을 알 만하다.

그러다 도쿠가와 이에야스가 세이이다이쇼군^{征夷大將軍}에 오르면서 막부의 중심을 에도에 두자 사람들이 에도로 몰려들었다. 세이이다이쇼군은 무사 세계의 최고 권력자로, 교토 조정이 임명했다. 세이이다이쇼군은 오랑캐를 정벌하는 장군이라는 뜻이며, 중앙의 기세가 닿지 않는 곳을 제압하여 조정의 세력을 확장하라는 임무를 지녔다. 간사이 사람들이 간토(관동)와 도호쿠(동북) 지방을 오랑캐라고 여겼을 만큼 동쪽의 땅은 불가사의하고 두려운 곳이었다. 알지 못하는 땅이자, 알 수 없는 힘이 서린 귀신들의 땅이라 업신여기면서도 간사이 사람들 마음 깊은 곳에는 이 땅에 대한 두려움이 있었다. 이에야스는 동쪽의 땅 가운데 풍요롭게 작물이 자라는 간토에 정치의 중심을 두었고, 이후 많은 사람이 에도에 정착해 이윽고 에도는 백만 인구가 사는 도시가 된다.

사람들이 대거 에도로 이주한 요인으로 3대 세이이다이쇼군 이에미쓰가 제정한 참근교대 제도를 꼽을 수 있다. 이 제도는 각 번^藩의 우두머리인 다이묘^{大名}가 2년에 한 번씩 반드시 에도 성을 방문해야 한다는 내용으로, 에도를 오고가는 여비는 모두 다이묘가 부담했다. 아무리 에도 성 출사라지만 한 지역의 우두머리가 가신도 없이 홀로 여행할 수는 없는 노릇. 각 번의 다이묘는 매번 무사 천여 명을 거느리고 에도를 오갔다. 무사뿐만 아니라 체류하는 동안 필요한, 소식을 전할 매부리나 다도^{茶道}의 장인, 의사, 하인, 말 등도 함께했다. 출사는 모든 다이묘의 의무였기에 전국 각지에 에도로 통하는 길이 정비됐고 역참 마을은 번영을 누렸다. 에도에서 가까운 번의 다이묘는 그나마 나았지만 도자마外樣라 불리던 쇼군의 직계가 아닌 방계의 다이묘, 즉 주고쿠, 시코쿠, 규슈 등지에 사는 다이묘들은 거액의 여비를 지출해야 했다. 천여 명에 달하는 이들의 여비 및 에도 체류비는 번의 재정을 압박할 정도였다. 또한 도쿠가와 정권은 다이묘의 배신으로 전란이 끊이지 않던 에도시대 이전의 불찰을 답습하지 않으려고 다이묘의 정실과 후계자를 에도 안에 살도록 했다.

이렇듯 에도시대가 내란 없이 삼백 년 넘게 번영을 누린 데에는 참근교대 제도의 영향이 컸다. 다이묘는 거액의 여비를 지출해야 했지만, 주요 도로 역참 마을과 에도의 주민에겐 다시없는 비즈니스 기회를 만들어주었다. 이토록 많은 사람이 전국에서 모여드니 의류, 음식, 주거 같은 생활필수품의 수요는 따라 늘었고, 무사가 울분을 발산시킬 요시와라吉原 유곽도 번성했다. 당시 요시와라는 오늘날 매춘업소와는 분위기가 사뭇 달랐다. 매우 고급스러운 기모노를 걸치고, 문학을 이해하며, 음악을 다루고, 다도와 꽃꽂이가 능한 '오이란花魁'이란 고급 유녀를 중심으로 수준 높은 문화를 이루었다.

그래도 에도는 역시 촌사람들의 땅이었다. 전국 각지에서 사람들이 모여들고 '오에도 팔백팔십 마을(大江戶八百八町 에도는 마을이 팔백팔십 개나 될 정도로 크다는 뜻, 후에 마을 수는 훨씬 더 늘어났다)'이란 말이 생겨날 만큼 칭송받으며 번창을 거듭한 도시였지만, 에도에 거주하는 사람 대부분이 사실 지방출신이었다. 에도 성 아래 거주하는 상류계급 다이묘 자녀는 물론 세련된 문화의 최고봉인 요시와라 유곽의 오이란도 태생을 거슬러 올라가면 모두 에도 사람은 아니다. 당시 오이란은 대부분 도호쿠 지방에서 팔려온 소녀들이었다. 세간에는 삼대가 살면 에돗코(에도 토박이, 도쿄 토박이)라는 말이 있다. 삼대쯤 에도에 터 잡고 살면 에돗코가 됐으니, 그만큼 새로 정착하는 사람이 많았다는 뜻이다. 간사이에서는 턱도 없는 이야기다. '오백 년, 천 년쯤 전부터 이 땅에서 살았다'라는 확실한 가계도가 있을 때 비로소 토박이라 불렀기에 시간적 구별에 상당한 차이가 있다.

또 협소한 땅에 많은 인구가 살다보니 화재에 취약했다. '화재와 싸움은 에도의 꽃'이란 말이 있을 정도였으니까. 목조주택에 다닥다닥 붙어살며, 전기나 가스가 없으니 당연히 숯이나 땔감을 썼기에 작은 불이 큰불로 번지기 일쑤였다. 역사에 길이 남은 큰불은 메이레키시대(1655~1657)의 화재다. 에도 성 아래 다이묘 저택과 시가지 대부분이 소실됐고, 3만 명이 넘게 사망했다. 이때 가장 에도다운 면모가 드러나는데, 대형 화재가 난 뒤 흡사 신진대사가 이루어지듯 마을구획이 정리되면서 새로 건축물이 들어섰다.

에도막부가 붕괴하고 메이지시대가 열렸다. 에도는 도쿄東京, 즉 동쪽 도성이라는 이름으로 바뀌었고, 에도 성은 도쿄 성이 된다. 도쿄 성에는 천황이 살았다. 메이지유신을 성공으로 이끈 이와쿠라 도모미 등이 서양을 시찰했고, 그 결과 근대도시에 필요한 것들이 도쿄에 잇달아 건설됐다. 석조로 된 학교, 벽돌로 지어진 관청 등도 에도에는 없던 것들이다. 그 가운데 메이지 5년(1872) 신바시-요코하마 간 철도개통은 많은 이들을 깜짝 놀라게 했다. 그동안에는 이동수단이라고 해봤자 인부가 짊어지는 가마가 다였으니, 철도의 빠른 속도에 사람들은 놀라 환성을 질렀다.

메이지시대는 또 이동이 자유로운 시대였다. 에도시대에는 관문이 설치된 탓에 국경(国境 옛날에는 각 지역 명 끝에 국国을 붙였다)을 넘어 번에서 번으로 움직이려면 통행증이 필요했다. 통행증 없는 관문 통과는 중죄에 해당돼 사형을 받기도 했다. 메이지시대로 접어들면서 관문은 폐지되고, 사람들은 이동의 자유를 얻었다. 아울러 일과 학업을 위해 점점 더 많은 사람이 도시 도쿄로 모여들었다. 학교제도가 생기고 사립학교가 늘어났다. 지방에 살던 유복한 자제들은 도심에서 하숙하며 공부했다. 일본 근대문학사를 빛낸 작가 가운데도 지방 출신이 많다. 마사오카 시키, 시마무라 도손, 이즈미 교카, 이시카와 다쿠보쿠, 기타하라 하쿠슈, 미야자와 겐지, 요코미쓰 리이치, 이부세 마쓰지, 다자이 오사무 등 셀 수 없을 정도다.

관청이 가스가세키에 집중되고 주변에 회사가 포진하면서 마루노우치가 생겨났다. 이윽고 대형 신문사인 〈요미우리 신문

〉, 〈아사히 신문〉, 〈마이니치 신문〉이 인근 유라쿠초에 자리를 잡았다. 근대 도쿄를 논할 때 빼놓을 수 없는 것이 출판인쇄업의 집중이다. 에도시대까지는 목판인쇄가 중심이었으나, 활판인쇄술이 도입되면서 대량인쇄가 가능해졌다. 출판사에서 완성된 원고를 인쇄회사로 가져가 조판하고 시내 서점에서 팔았다. 이 작업을 재빨리 하기 위해 지금도 출판사가 대거 모인 진보초나 에도가와바시 부근에 인쇄소가 밀집해 있다. 도쿄에서 만든 신문, 잡지, 서적은 지방으로 유통됐고 입신출세를 원하는 청년의 마음에 한층 불을 지폈다. 문화의 중심, 도쿄에서 만들어진 매스미디어는 수많은 지방 청년을 도쿄로 끌어들였다.

그러나 어마어마한 재난은 다시금 찾아왔다. 다이쇼 12년(1923) 간토대지진으로 도쿄의 대부분이 불탔고, 화려하던 시가지는 한순간에 허허벌판이 되었다. 10만 명 사망. 도쿄 성도 붕괴되고, 도쿄제국대학 도서관은 가루가 되었으며, 아사쿠사의 랜드마크였던 아사쿠사 12층탑은 무너졌다. 미쓰코시 백화점 니혼바시 지점과 제국극장도 무너졌고, 카페가 줄지어 늘어섰던 긴자는 흔적도 없이 사라졌다. 그물코처럼 빼곡하게 건물이 들어찼던 도심은 공터가 되었고, 메이지·다이쇼시대에 쌓아올린 대부분을 상실하고 만다. 쇼와 19년(1944) 도쿄대공습이 있기까지, 도쿄는 구획을 정리하고 시설을 정비했다. 도준카이 아파트(간토대지진 이후 사회 부흥을 위해 지어진 재단법인 도준카이가 도쿄 각지에 지은 철근 콘크리트 아파트)등 새로운 주거공간도 생겨났다. 이는 라이프스타일 자체의 변화를 가져왔다. 철근 콘크리트가 도입되어 전기, 도시가스, 수도, 수세식 화장실을 완비한, 이제까지의 일본건축과는 완전히 다른 주거형태가 생겨났다. 도시에 있는 회사에서 근무하고자 청년들은 고향집을 떠났고, 처자식만으로 구성된 핵가족이 보편화됐다. 샐러리맨이 살기 좋은 편리한 집합주택이 등장했고, 라디오나 택시가 보급되어 생활이 편리해졌다.

그러고 보면 에도와 도쿄 모두, 도시가 비대해지다가는 파멸하고, 다시 비대해지기를 반복했다. 거리 풍경은 변모를 거듭했으며, 이주자가 끊이지 않았다. 이미 사백 년 전부터 되풀이해온 과정이다. 전쟁 후 초토화된 도쿄가 다시 대도시로서의 기능을 회복하기까지, 그리 긴 시간이 걸리지 않았다. 고도경제성장은 쓰레기 더미나 다를 바 없던 도쿄를 빌딩숲으로 뒤바꿔놓았다. 쇼와 39년(1964) 도쿄올림픽으로 도쿄 거리는 또 다시 탈바꿈한다. 도카이도東海道 신칸센이 개설되고, 도쿄국제공항이 증설됐으며, 수도권 고속도로인 간나나環七대로가 완공됐다. 모두 현대 도쿄에서 빼놓을 수 없는 것들이다.

헤이세이* 32년(2020), 도쿄는 또 한 번의 올림픽을 맞이한다. 하네다공항 국제선이 증설됐으며, 도쿄 스카이트리가 완

---

*일본은 오늘날에도 서력만큼 연호를 중시하는 나라로 천황이 바뀔 때마다 연호가 바뀐다. 메이지시대(1868~1912) - 다이쇼시대(1912~1926) - 쇼와시대(1926~1989) - 헤이세이시대(1989~)

공됐고, 고토 구 등의 시타마치가 재개발됐다. 롯폰기 힐즈나 오모테산도 힐즈와 같은 복합상업시설이 잇달아 건설되고 있다. 시부야 히카리에, 신마루 빌딩, 아키하바라 UDX 등 하나하나 세려고 들면 끝도 없다. 인구의 과밀화와 함께 고층 맨션은 하루가 다르게 빽빽이 솟아오른다.

空中都市、東京。(공중도시, 도쿄.)

하네다공항에서 모노레일을 타보면, 이 단어가 자연스럽게 떠오른다. 모노레일은 빌딩숲 사이를 누비며 나아간다.

여기까지가 변화를 거듭해온 도쿄. 그러나 도쿄에는, 변하지 않는 것도 있다. 나가이 가후는 이 책『히요리게다』에서 도쿄가 도쿄답게 존재하기 위해, 세월을 뛰어넘어 이어져 내려온 것들을 그려낸다. 만약 당신이 언젠가 도쿄를 방문한다면, 부디 고층빌딩에서 내려와, 가후처럼 어슬렁어슬렁 지상을 걸어보길 바란다. 눈이 핑핑 돌 만큼 정신없이 바쁜 이 거리가 당신을 집어삼키지 않도록. 고즈넉한 골목길에서 만난 오래된 나무 잎사귀가 속삭이는 소리에, 빨간 턱받침을 한 돌부처가 건네는 이야기에, 졸졸졸 흐르는 도랑이 들려주는 음악에 귀를 기울일 수 있도록. 그 산책길에서 도쿄가 품어온 '생'을 만끽할 수 있기를.

오토와 베니코

고이시카와-스이도-오차노미즈

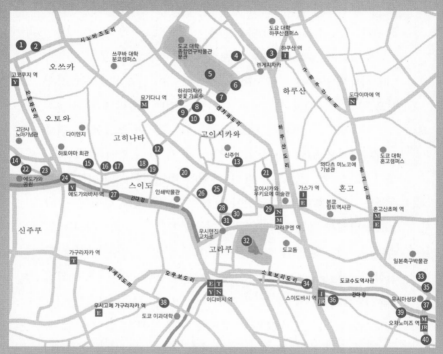

① 고코쿠지護国寺 ② 후지미자카富士見坂 ③ 하쿠산 신사白山神社 ④ 혼넨지本念寺
⑤ 고이시카와 식물원 은행나무小石川植物園のイチョウ ⑥ 고덴자카御殿坂 ⑦ 안간지安閑寺 ⑧ 하리마자카播磨坂
⑨ 극락 우물 터極楽水跡 ⑩ 후키아게자카吹上坂 ⑪ 고엔지光円寺 ⑫ 기리시탄자카切支丹坂 ⑬ 덴즈인伝通院
⑭ 세키구치바쇼안関口芭蕉庵 ⑮ 다이니치자카大日坂 ⑯ 고히나타 신사小日向神社 ⑰ 핫토리자카服部坂 ⑱ 니치린지日輪寺
⑲ 아라키자카荒木坂 ⑳ 신자카新坂 ㉑ 젠카쿠지源覚寺(곤냐쿠엔마蒟蒻閻魔) ㉒ 후도도 터不動堂跡 ㉓ 메지로자카目白坂
㉔ 에도가와바시江戸川橋 ㉕ 나가이 가후 생가 터永井荷風生育地 ㉖ 곤고지자카金剛寺坂 ㉗ 후루카와바시古川橋
㉘ 안도자카安藤坂 ㉙ 도미자카富坂 ㉚ 규자카牛坂 ㉛ 우시텐진牛天神(기타노 신사北野神社) ㉜ 고라쿠엔後楽園
㉝ 지고쿠다니地獄谷 ㉞ 간다묘진神田明神 ㉟ 스이도바시水道橋 ㊱ 가구라자카神楽坂 ㊲ 사이카치자카皀角坂
㊳ 쇼헤이자카昌平坂 ㊴ 오차노미즈바시お茶の水橋 ㊵ 아와지자카淡路坂

Ⓐ 아사쿠사선 Ⓒ 지요다선 Ⓔ 오에도선 Ⓖ 긴자선 Ⓗ 히비야선 Ⓘ 미타선 ⒿⓇ 기타 JR선 ⒿⓎ JR야마노테선 ⓀⓈ 케이세이선
Ⓜ 마루노우치선 Ⓝ 난보쿠선 Ⓢ 신주쿠선 Ⓣ 도자이선 ⒾⓈ 도부스카이트리선 ⒾⓍ 쓰쿠바 익스프레스선 Ⓤ 유리카모메선
Ⓨ 유라쿠초선 Ⓩ 한조몬선

5 고이시카와 식물원 은행나무
小石川植物園のイチョウ

삼백 년 전 미쓰이 가 미노무라 리자에몬이 심은 것으로 추정되며, 1868년 6월 고이시카와 식물원이 조정에 이관될 때 잘라질 뻔 했다. 이후 '톱니의 은행나무'라 불리기도 했다.

1 고코쿠지護国寺

6 고덴자카御殿坂

9 극락우물 터極楽水跡

13 덴즈인伝通院

16 고히나타 신사小日向神社

21 겐카쿠지源覚寺

25 나가이 가후 생가 터
永井荷風生育地

30 규자카牛坂

35 스이도바시水道橋

네즈-닛포리-우에노

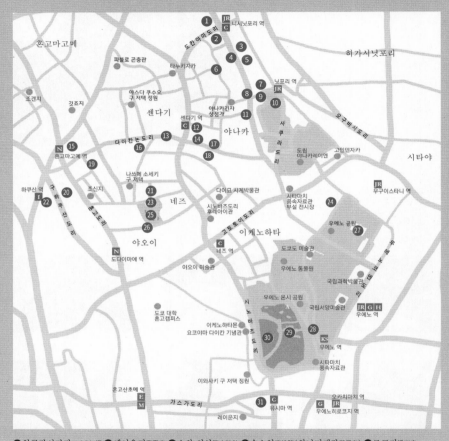

① 히구라시자카ひぐらし坂 ② 세이운지青雲寺 ③ 스와 신사諏方神社 ④ 슈쇼인修性院(하나미 데라花見寺) ⑤ 조코지淨光寺
⑥ 후지미자카富士見坂 ⑦ 혼교지本行寺 ⑧ 교오지経王寺 ⑨ 고덴자카御殿坂 ⑩ 덴노지天王寺(오중탑五重塔) ⑪ 시치멘자카七面坂
⑫ 다이엔지大円寺 ⑬ 단고자카団子坂 ⑭ 즈이린지瑞輪寺 ⑮ 고린지高林寺 ⑯ 간초로 터観潮楼跡(모리 오가이 기념관森鴎外記念館)
⑰ 초큐인長久院 ⑱ 다이교지大行寺 ⑲ 고겐지光元寺 ⑳ 다이엔지大円寺 ㉑ 시오미자카汐見坂(야부시타미치薮下の道)
㉒ 엔조지円乗寺 ㉓ 네즈우라몬자카根津裏門坂 ㉔ 간에이지寛永寺 ㉕ 네즈 신사根津神社 ㉖ 신자카新坂
㉗ 도쿄국립박물관東京国立博物館 ㉘ 기요미즈도清水堂 ㉙ 벤텐도弁天堂 ㉚ 시노바즈 연못不忍の池 ㉛ 유시마텐진湯島天神

Ⓐ 아사쿠사 선 Ⓒ 지요다 선 Ⓔ 오에도 선 Ⓖ 긴자 선 Ⓗ 히비야 선 Ⓘ 미타 선 ⒿⓇ 기타 JR 선 ⒿⓎ JR야마노테 선 ⓀⓈ 케이세이 선
Ⓜ 마루노우치 선 Ⓝ 난보쿠 선 Ⓢ 신주쿠 선 Ⓣ 도자이 선 ⓉⓈ 도부스카이트리 선 ⒾⓍ 쓰쿠바 익스프레스 선 Ⓤ 유리카모메 선
Ⓨ 유라쿠초 선 Ⓩ 한조몬 선

2 세이운지靑雲寺

3 스와 신사諏方神社

4 슈쇼인修性院
(하나미데라花見寺)

7 혼교지本行寺

10 덴노지天王寺(오중탑五重塔)

13 단고자카団子坂

14 즈이린지瑞輪寺

25 네즈 신사根津神社

29 벤텐도弁天堂

8 교오지経王寺
1655년 창건. 에도시대의 칠복신 중의 하나로 서민신앙의 순례지다. 에도 막부 말기 신정부군이 발포한 총탄의 흔적이 남아 있다.

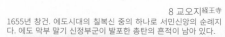

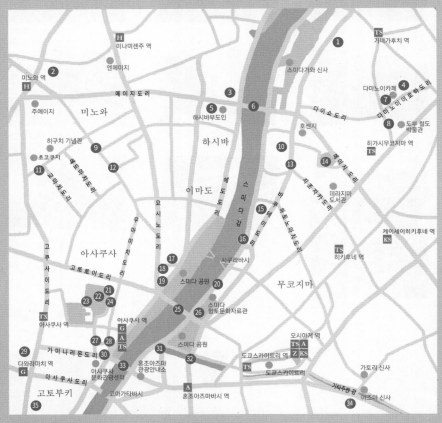

❶ 모쿠바지木母寺 ❷ 조칸지浄閑寺 ❸ 맛사키이나리 신사真崎稲荷神社 ❹ 다마노이이나리 신사玉の井稲荷神社 ❺ 소센지総泉寺
❻ 시라히게바시白鬚橋 ❼ 미노부산 케이운카쿠身延山啓運閣 ❽ 구 케이세이다마노이 역旧京成玉の井駅跡
❾ 미카에리야나기見返り柳 ❿ 시라히게 신사髭神社 ⓫ 요시와라 신사吉原神社 ⓬ 요시와라다이몬吉原大門 ⓭ 지조자카地蔵坂
⓮ 백화원百花園 ⓯ 고토토이단고言問団子 ⓰ 고후쿠지弘福寺 ⓱ 이마도 신사今戸神社 ⓲ 이마도바시 터今戸橋跡
⓳ 산야보리 터山谷堀跡 ⓴ 다케야노와타시 터竹屋の渡し跡 ㉑ 아사쿠사 신사浅草神社 ㉒ 센소지浅草寺
㉓ 호조몬宝蔵門 (니오몬仁王門) ㉔ 니텐몬二天門 (즈이진몬随身門) ㉕ 고토토이바시言問橋 ㉖ 우시지마 신사牛嶋神社
㉗ 나카미세仲見世 ㉘ 아리조나 키친アリゾナ・キッチン ㉙ 혼간지本願寺 ㉚ 가미나리몬雷門 ㉛ 마쿠라바시枕橋
㉜ 겐모리바시源森橋 ㉝ 아즈마바시吾妻橋 ㉞ 묘켄도妙見堂(호쇼지法性寺) ㉟ 가야데라榧寺

A 아사쿠사 선 G 지요다 선 E 오에도 선 I 긴자 선 H 히비야 선 I 미타 선 JR 기타 JR 선 JY JR야마노테 선 KS 케이세이 선
M 마루노우치 선 N 난보쿠 선 S 신주쿠 선 T 도자이 선 TS 도부스카이트리 선 TX 쓰쿠바 익스프레스 선 U 유리카모메 선
Y 유라쿠초 선 Z 한조몬 선

12 요시와라다이몬吉原大門

14 백화원百花園

15 고토토이단고言問団子
(나가이 가후 단골집)

23 호조몬宝蔵門(니오몬仁王門)

2 조칸지浄閑寺
간토대지진과 도쿄대공습으로 죽은 기녀들을 모시는 절. 요시와라를 즐겨 찾았던
나가이 가후가 특별히 사랑하여 이곳에 화장되기를 원했다고 한다. 경내에는 가후
가 애용하던 필기구를 묻은 필총筆塚과 문학비가 있다.

24 니텐몬二天門(즈이진몬随身門)

25 고토토이바시言問橋

33 아즈마바시吾妻橋

34 묘켄도妙見堂(호쇼지法性寺)

26 우시지마 신사牛島神社

고지마치-에도 성-이치가야

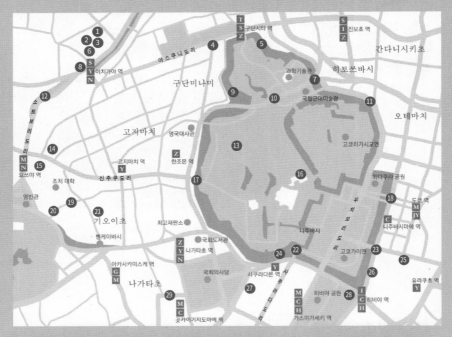

❶조루리자카浄瑠璃坂 ❷사나이자카左内坂 ❸차노키이나리 신사茶の木稲荷神社 ❹구단자카九段坂 ❺우시가후치牛ヶ淵
❻이치가야하치만구市ヶ谷八幡宮 ❼다케바시竹橋 ❽고리키자카高力坂 ❾지도리가후치千鳥ヶ淵 ❿다이칸초도리代官町通り
⓫히라카와몬平川口 ⓬소토보리 공원外濠公園 ⓭후키아게교엔吹上御苑 ⓮신포지心法寺 ⓯요쓰야 성문 터四谷見附跡
⓰궁내청宮内庁 ⓱한조몬半蔵御門 ⓲와다쿠라몬和田倉門 ⓳기오이자카紀尾井坂 ⓴구이치가이 성문 터 喰違見附跡
㉑시미즈다니 공원清水谷公園 ㉒사쿠라다몬桜田門 ㉓바바사키몬馬場先門 ㉔사쿠라다 호桜田濠 ㉕가지바시 터鍛冶橋跡
㉖제국극장帝国劇場 ㉗가스미가세키자카霞ヶ関坂 ㉘히비야몬 터日比谷門跡 ㉙산노자카山王坂

Ⓐ아사쿠사선 Ⓒ지요다선 Ⓔ오에도선 Ⓖ긴자선 Ⓗ히비야선 Ⓘ미타선 ⒿⓇ기타JR선 ⒿⓎJR야마노테선 ⓀⓈ케이세이선
Ⓜ마루노우치선 Ⓝ난보쿠선 Ⓢ신주쿠선 Ⓣ도자이선 ⓉⓈ도부스카이트리선 ⓉⓍ쓰쿠바 익스프레스선 Ⓤ유리카모메선
Ⓨ유라쿠초선 Ⓩ한조몬선

6 이치가야하치만구市ヶ谷八幡宮
에도 성 축성 때 서쪽의 수호신의 분령을 모신 이 신사는, 지금도 여전히 많은 사람들로부터 두터운 신앙을 얻고 있다.

3 차노키이나리 신사茶の木稲荷神社

5 우시가후치牛ヶ淵

7 다케바시竹橋

8 고리키자카高力坂

9 지도리가후치千鳥ヶ淵

12 소토보리 공원外濠公園

15 요쓰야 성문 터四谷見附跡

21 시미즈다니 공원清水谷公園

22 사쿠라다몬桜田御門

미타-시바-아자부

① 편기관 터偏奇館跡 ② 아타고 신사愛宕神社 ③ 히비야 신사日比谷神社 ④ 세이쇼지靑松寺 ⑤ 가젠보가다니我善坊ヶ谷
⑥ 니시쿠보하치만 신사西久保八幡神社 ⑦ 산넨자카三年坂 ⑧ 간기자카雁木坂 ⑨ 조조지增上寺 ⑩ 구라야미자카暗闇坂
⑪ 잇폰마츠자카一本松坂 ⑫ 시치멘자카七面坂 ⑬ 시바 공원芝公園 ⑭ 다이코쿠자카大黑坂 ⑮ 아카바네바시 친주赤羽橋親柱
⑯ 젠소지賢宗寺 ⑰ 아리마 후작 저택 터有馬氏屋敷跡 ⑱ 젠푸쿠지 은행나무善福寺のイチョウ ⑲ 신후쿠지真福寺
⑳ 햐치스카 공작 저택 터蜂須賀公爵邸跡 ㉑ 휴가자카日向坂 ㉒ 산노하시三之橋 ㉓ 소케이지曹溪寺 ㉔ 히지리자카聖坂
㉕ 후루카와바시古川橋 ㉖ 시오미자카潮見坂 ㉗ 유레이자카幽霊坂 ㉘ 사이카이지濟海寺 ㉙ 히요시자카日吉坂
㉚ 가쿠린지覺林寺 ㉛ 센가쿠지泉岳寺 ㉜ 즈이쇼지瑞聖寺 ㉝ 이사라고자카伊皿子坂

A 아사쿠사 선 C 지요다 선 E 오에도 선 G 긴자 선 H 히비야 선 I 미타 선 JR 기타 JR 선 JY JR야마노테 선 KS 케이세이 선
M 마루노우치 선 N 난보쿠 선 S 신주쿠 선 T 도자이 선 TS 도부스카이트리 선 TX 쓰쿠바 익스프레스 선 U 유리카모메 선
Y 유라쿠초 선 Z 한조몬 선

1 편기관 터偸奇館跡

2 아타고 신사愛宕神社

5 가젠보가다니我善坊ヶ谷

9 조조지增上寺

1393년에 창건한 절로, 우에노 간에이지와 함께 도쿄 2대 거찰로 꼽힌다. 전쟁으로 건물의 많은 부분이 불에 타 없어졌지만 현재까지도 웅장한 규모를 지니고 있다.

14 다이코쿠자카大黑坂

18 젠푸쿠지 은행나무善福寺のイチョウ

20 휴가자카日向坂

25 후루카와바시古川橋

30 가쿠린지覺林寺

32 즈이쇼지瑞聖寺

료고쿠-아사쿠사바시-후카가와

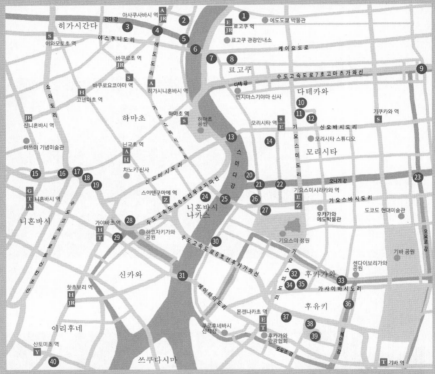

① 고쿠기칸国技館 ② 이시쓰카이나리 신사石塚稲荷神社 ③ 야나기하라도테 터柳原土手跡 ④ 아사쿠사바시浅草橋
⑤ 야나기바시柳橋 ⑥ 료고쿠바시両国橋 ⑦ 료고쿠바시 히로코지 터両国橋広小路跡 ⑧ 엔코인回向院 ⑨ 신쓰지바시新辻橋
⑩ 미로쿠지弥勒寺 ⑪ 고켄보리 터五間堀跡 ⑫ 조케이지長慶寺 ⑬ 신오바시新大橋 ⑭ 롯켄보리 터六間堀跡 ⑮ 니혼바시二本橋
⑯ 에도바시江戸橋 ⑰ 오야지바시 터親父橋跡 ⑱ 아라메바시 터荒布橋跡 ⑲ 시안바시 터思案橋跡
⑳ 맛사키이나리 신사柾木稲荷神社 ㉑ 만넨바시萬年橋 ㉒ 다카바시高橋 ㉓ 오우기바시코몬扇橋閘門 ㉔ 온나바시 터女橋跡
㉕ 기요스바시清洲橋 ㉖ 후카가와이나리 신사深川稲荷神社 ㉗ 혼세이지本誓寺 ㉘ 하코자키바시 터箱崎橋跡 ㉙ 레이간바시靈岸橋
㉚ 아부라보리 터油堀跡 ㉛ 에이타이바시永代橋 ㉜ 신교지心行寺 ㉝ 센다이보리仙台堀 ㉞ 엔마도閻魔堂(호조인法乗院)
㉟ 벤텐 신사弁天神社 ㊱ 쓰루노하시鶴の橋 ㊲ 후카가와후도도深川不動堂 ㊳ 도미오카하치만구富岡八幡宮 ㊴ 하치만바시八幡橋
㊵ 쓰키지 외국인 거주지 터築地居留地跡

Ⓐ 아사쿠사 선 Ⓒ 지요다 선 Ⓔ 오에도 선 Ⓖ 긴자 선 Ⓗ 히비야 선 Ⓘ 미타 선 Ⓙ 기타 JR선 Ⓙ JR야마노테 선 Ⓚ 케이세이 선
Ⓜ 마루노우치 선 Ⓝ 난보쿠 선 Ⓢ 신주쿠 선 Ⓣ 도자이 선 Ⓣ 도부스카이트리 선 Ⓧ 쓰쿠바 익스프레스 선 Ⓤ 유리카모메 선
Ⓨ 유라쿠초 선 Ⓩ 한조몬 선

2 이시쓰카이나리 신사石塚稲荷神社

5 야나기바시柳橋

8 엔코인回向院

12 조케이지長慶寺

16 에도바시江戸橋

23 오우기바시코몬扇橋閘門

33 센다이보리仙台堀
에도시대 때 개척된 뒤 쇼와시대까지 후카가와 공업지대의 운송을 책임졌다. 1982년 치수산업의 일환으로 오나기 강에서 오요코 강을 교차하는 구간을 매립하고 그 위에 센다이보리가와 수변공원을 조성했다.

26 후카가와이나리 신사
深川稲荷神社

34 엔마도閻魔堂(호조인法乗院)

39 하치만바시八幡橋

스가노-이치카와

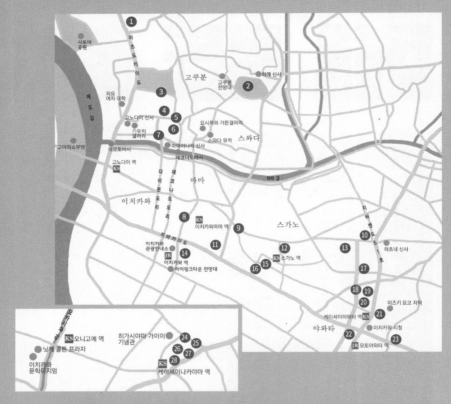

① 젠코우지源光寺 (엔코인 별원回向院別院) ② 시모사고코부지 남대문下総国分寺 南大門 ③ 고노다이 공원国府台公園
④ 구보우지弘法寺 ⑤ 가메이인 마마노이亀井院 真間の井 ⑥ 데코나도手児奈堂 ⑦ 츠기바시継橋 ⑧ 지신도쇼텐智新堂書
⑨ 첫 번째 가후 구 저택一番目荷風旧自宅 ⑩ 세 번째 가후 구 저택三番目荷風旧自宅 ⑪ 가스카 신사春日神社
⑫ 두 번째 가후 구 저택二番目荷風旧自宅 ⑬ 시라하타텐 신사白幡天神社 ⑭ 이치카와 역전 마켓市川駅前マーケット
⑮ 스와지 신사諏訪神社 ⑯ 고로쿠 신사胡録神社 ⑰ 스가노유菅野湯 ⑱ 가후로드荷風ロード ⑲ 네 번째 가후 구 저택四番目荷風旧自宅
⑳ 다이코쿠야大黒屋 ㉑ 가츠시카하치만구葛飾八幡宮 ㉒ 쇼와유昭和湯 ㉓ 야와타노야부시라즈八幡の藪知らず ㉔ 홋케쿄지法華経寺
㉕ 에마도絵馬堂 ㉖ 아카몬赤門(니오몬仁王門) ㉗ 오중탑五重塔 ㉘ 쿠로몬黒門(소몬総門)

Ⓐ 아사쿠사 선 Ⓒ 지요다 선 Ⓖ 오에도 선 Ⓙ 긴자 선 Ⓗ 히비야 선 Ⓘ 미타 선 Ⓙ 기타 JR 선 Ⓨ JR야마노테 선 Ⓚ 케이세이 선
Ⓜ 마루노우치 선 Ⓝ 난보쿠 선 Ⓢ 신주쿠 선 Ⓣ 도자이 선 Ⓣ 도부스카이트리 선 Ⓣ 쓰쿠바 익스프레스 선 Ⓤ 유리카모메 선
Ⓨ 유라쿠초 선 Ⓩ 한조몬 선

2 시모사고코부지 남대문
下総国分寺 南大門

5 가메이인 마마노이
亀井院 真間の井

7 츠기바시継橋

13 시라하타텐 신사白幡天神社

17 스가노유菅野湯

20 다이코쿠야大黒屋
(나가이 가후 단골집)

23 야와타노야부시라즈
八幡の薮知らず

25 에마도絵馬堂

28 쿠로몬黒門(소몬総門)

4 구보우지弘法寺
나라시대 때 창건된 절로, 봄에는 수령 사백
세가 넘는 벚꽃이 만발하고 가을에는 단풍이
곱게 물들어 많은 이들이 찾는다. 경내에는 본
당인 다이코쿠도, 종루, 하이쿠 시인 고바야시
잇사 시비 등이 있다.

나가이 가후 생애 및 산책로

1879(메이지 12)

12월 3일 도쿄 시 고이시카와 구 가나토미초 45번지(현 분쿄 구
   가스가 2초메)에서 아버지 나가이 규이치로와 어머니
   쓰네 사이에 장남으로 태어남. 본명은 소키치. 아버지
   규이치로는 한문학자인 와시쓰 기도의 문화생으로 메
   이지 초 미국으로 건너가 프린스턴 대학에서 공부하
   고 문부성에서 일하다 퇴직 후 일본 닛폰유센에 입사
   해 상하이와 요코하마 지점장을 역임함. 한시 시인으
   로도 이름을 알림. 어머니 쓰네는 와시쓰 기도의 차녀

로 규이치로에게 시집와 3남 1녀를 둠. 차남 데이지로,
    삼남 이사부로. 외동딸은 요절함.

1883(메이지 16) 4세

2월 남동생 데이지로(훗날 외가인 와시쓰의 뒤를 이음) 태어
    남. 동생의 출생으로 시타야 다케초의 와시쓰 가 외할머니
    에게 맡겨짐.

1884(메이지 17) 5세

와시쓰 가에서 도쿄여자사범학교 부속유치원 입학.

1886(메이지 19) 7세

고이시카와 본가로 돌아와 구로다소학교 초등과 입학.

1887(메이지 20) 8세

11월 동생 이사부로(훗날 농무성 관료를 거쳐 대학교수가 됨)
    태어남.

1889(메이지 22) 10세

4월 구로다소학교 초등과 4학년 졸업.
7월 도쿄부 심상사범학교 부속소학교 고등과 진학.

1890(메이지 23) 11세

5월 아버지가 대신관방 비서관이 되어 나가타초 관사로 이사.

11월 간다 니시키초 도쿄영어학교 통학.

＊통학로인 한조몬, 다이칸초도리, 히토쓰바시, 간다를 중심으로 고지마치, 구단, 이치가야 등 이리저리 먼 길을 돌아 야마노테 마을 풍경을 즐겼다.

1891(메이지 24) 12세

6월 아버지가 문부성 회계국장이 되어 고이시카와 본가로 돌아옴.

9월 간다 히토쓰바시 고등사범학교 부속학교 심상중학과(6년제) 2학년 편입.

1894(메이지 27) 15세

10월 고지마치 구 이치반초 42로 이사.

12월 결핵성 경부임파선염으로 시타야 제국대학 제2병원에 입원.

1895(메이지 28) 16세

1월 독감에 걸려 3월 말까지 즈시 나가이 가 별장에서 요양.

4월 오다와라 주지마치 아시가라 병원으로 옮겨 요양.

9월 심상중학과 4학년 복학.

1896(메이지 29) 17세

아라키 사쿠오에게 퉁소를 배우고, 이와타니 쇼센에게 한시 작법을 배움.

＊학교를 마치고 간다 강을 따라 간다, 야나기바시, 교바시, 하마초를 걸으며 강에 걸린 작은 다리와 강가 주변을 산책했다.

1897(메이지 30) 18세

2월 유곽 요시와라를 다니기 시작.

3월 중학교 졸업.

7월 제1고등학교 입시 실패.

9월 아버지가 닛폰유센에 입사하여 상하이 지점장이 됨에 따라 어머니, 동생들과 상하이 체류.

11월 귀국 후 간다 히토츠바시 고등상업학교 부속외국어학교 중국어과 임시 입학.

1898(메이지 31) 19세

9월 「발의 달簾の月」이란 작품을 들고 히로쓰 류로를 찾아가 문하생이 됨.

1899(메이지 32) 20세

1월 만담가 아사네보 무라쿠의 제자가 되어 산쇼테이 유메노스케라는 이름으로 공연장에 드나들기 시작.

6월 일간신문 〈요로즈초호〉의 소설 공모전 입상.

8월 「얇은 옷薄衣」을 히로쓰 류로와 공동으로 『분게이구락부文芸
倶楽部』에 발표.

12월 외국어학교 2학년 때 결석이 잦아 제적당함. 이와야 사자
나미가 주재하는 문학 단체 '목요회' 회원이 됨. 아버지가
닛폰유센 요코하마 지점장이 됨.

1901(메이지 34) 22세

4월 〈야마토신문〉에 입사하여 「신 매화달력新梅ごよみ」을 연재했으
나 해고당함.

9월 교세이 학교에서 야학으로 프랑스어를 배우기 시작.

＊소토보리도리를 따라 이다마치(현 이다바시), 스이도, 오차노미즈를,
와세다도리를 따라 우시고메의 가구라자카, 오쿠보까지 산책했다.

1902(메이지 35) 23세

4월 졸라이즘 영향이 엿보이는 자연주의 작품 『야심野心』 출간.

5월 가족과 함께 우시고메 구 오쿠보 요초마치 79번지(현 신주
쿠 구 요초마치)로 이전. '내청각来青閣'이라 이름 붙임.

9월 『지옥의 꽃地獄の花』 출간.

1903(메이지 36) 24세

1월 가부키극장 이치무라자에서 소설가 모리 오가이와 첫인사

를 나눔.

5월 『꿈의 여인^{夢の女}』 출간.

7월 에밀 졸라의 『인간 짐승』 번안.

9월 아버지의 권유로 미국으로 건너감.

10월 항구도시 터코마 도착. 아버지의 친구인 후루야상점 터코
    마 지점장 집에 머무르며 고등학교를 다님.

1904(메이지 37) 25세

4월 「선실야화^{船室夜話}」 발표.

10월 터코마를 떠나 세인트 루이스로 감.

11월 미시간 주 칼라마주 대학에서 영문학과 프랑스어 청강.

1905(메이지 38) 26세

7월 뉴욕으로 가 워싱턴 일본 공사관에서 임시고용인으로 근무.

9월 공원에서 에다이스라는 여성을 만나 교제.

10월 공사관에서 해고당함.

12월 아버지의 배려로 요코하마쇼킨은행 뉴욕지점에 입사.

1906(메이지 39) 27세

2월 「목장의 길^{牧場の道}」 발표.

1907(메이지 40) 28세

7월 요코하마쇼킨은행 리옹 지점으로 전근, 프랑스로 건너감.

11월 『아메리카 이야기^{あめりか物語}』 초고를 이와야 사자나미에게
　　보냄.

1908(메이지 41) 29세

3월 요코하마쇼킨은행 퇴직.

5월 파리에서 미술관과 공연장을 돌아다니며 프랑스 문화를
　　즐김. 이때 우연히 영문학자이자 번역가 우에다 빈을 만남.

7월 런던으로 갔다가 일본 귀국.

8월 『아메리카 이야기』 출간.

11월 모리 오가이 방문.

＊고이시카와 저지대에서 혼고 고지대를 거쳐 네즈, 센다기, 야오이의 언
덕 위를 걸어 올라가며 시가지를 내려다보길 즐겼다. 특히 모리 오가이
의 저택 간초로가 있던 언덕길을 도쿄 제일가는 풍경이라며 좋아했다.

1909(메이지 42) 30세

3월 『프랑스 이야기^{ふらんす物語}』 출간과 동시에 발매금지 처분.

9월 『환락^{歡樂}』 출간과 동시에 발매금지 처분.

12월 「스미다 강^{すみだ川}」 발표. 나쓰메 소세키의 요청으로 〈도쿄
　　아사히신문〉에 「냉소^{冷笑}」를 이듬해 2월까지 연재하면서
　　탐미주의 작가로 주목받음.

1910(메이지 43) 31세

2월 모리 오가이와 우에다 빈의 추천으로 게이오 대학 문학과
　　교수로 취임.

5월 게이오 대학 문과대 기관지『미타분가쿠三田文学』를 창간. 자
　　연주의 문화운동의 중심『와세다분가쿠早稲田文学』에 대한 반
　　자연주의, 탐미주의 문학 진영의 거점 형성.

6월 신바시 게이샤 야에지(가네코 야이)를 만나 교제.

11월 문학회 '판의 모임'에서 다니자키 준이치로와 처음 만남.

12월 게이오 대학에 출근하던 중 대역 사건의 피고 호송마차를
　　보고 충격 받음. 드레퓌스 사건 시 에밀 졸라의 행동과 비
　　교해 문학가로서의 무력감을 느낌.

＊오쿠보 요초마치 집에서 게이오 대학이 있던 미타까지 전철을 타고 시
나노마치, 아오야마를 구경했다. 때론 한가로이 걸어 다니면서 공터나
도랑을 찾아내어 좋아하는 잡초를 감상하곤 했다.

1911(메이지 44) 32세

3월『스미다 강』출간.

7월『모란 손님牡丹の客』출간.

11월『미타분가쿠』에「다니자키 준이치로 씨의 작품谷崎潤一郎氏の
　　作品」발표.

1912(메이지 45 · 다이쇼 1) 33세

1월 『주오코론中央公論』에 「폭군暴君」 발표.

2월 「첩의 집妾宅」 발표.

9월 혼고 유시마 목재상의 딸인 사이토 요네와 결혼.

11월 『신바시 야화新橋夜話』 출간. 『미타분가쿠』에 대한 학교 당국
　　의 간섭과 비난이 심해짐.

12월 아버지가 뇌일혈로 쓰러지나 야에지의 집에 있었기에 이
　　를 알지 못함.

1913(다이쇼 2) 34세

1월 2일 아버지 규이치로 사망.

2월 부인 요네와 이혼하고 게이샤 야에지와 동거.

4월 번역 시집 『산호집珊瑚集』 출간.

7월 『미타분가쿠』에 「우키요에의 산수화와 에도 명소浮世絵の山水画
　　と江戸名所」 발표.

1914(다이쇼 3) 35세

8월 야에지와 재혼. 이 일로 동생 이사부로와 불화 시작.

　　『미타분가쿠』에 이듬해 6월까지 「히요리게다日和下駄」 연재.

1915(다이쇼 4) 36세

1월 『여름 모습夏すがた』 출간과 동시에 발매금지 처분.

2월 야에지와 이혼.

5월 교바시 구 쓰키지 1초메 6번지(현 주오 구)로 이전.

11월 『히요리게다』출간.

＊쓰키지 해안을 따라 가깝게는 신토미나 아카시초, 멀게는 쓰키시마까지 산책하며 강가 마을 풍경에 감흥을 받았다.

1916(다이쇼 5) 37세

2월 게이오 대학 교수를 그만두고 『미타분가쿠』에서 손을 뗌.

4월 모미야마 시게쓰, 이노우에 아아와 함께 잡지 『분메이文明』
　　창간.

5월 요초마치 본가로 돌아와 자신
　　이 기거하던 방을 '단장정斷腸
　　亭'이라 칭함.

8월 『분메이』에 화류소설 「솜씨
　　겨루기腕くらべ」 연재.

'단장정' 인장

1917(다이쇼 6) 38세

9월 16일 일기 집필(『단장정일승斷腸亭日乘』의 시작).

12월 『솜씨 겨루기』사가판을 50부 인쇄해 지인에게 나눠줌.
　　모미야마와 뜻이 엇갈려 『분메이』에서 손을 뗌.

1918(다이쇼 7) 41세

5월 이노우에 아아, 구메 슈지와 함께 잡지 『가게쓰花月』 창간.

12월 순요도에서 『가후 전집荷風全集』(전6권) 출간.

1919(다이쇼 8) 40세

12월 『가이조改造』에 「불꽃놀이花火」 발표.

1920(다이쇼 9) 41세

3월 『에도예술론江戶藝術論』 출간.

4월 『오카메자사おかめ笹』 출간.

5월 아자부 구 이치베초 1초메 6번지(현 미나토 구 롯폰기)로 이전. 서양식 목조건물을 페인트칠한 건물이란 뜻인 '편기 관'이라 칭함.

✽편기관을 거점으로 아카사카, 아자부, 시바, 미타까지 발길을 옮기며 오랜 절을 둘러봤다. 이해 처음으로 아라카와 방수로를 찾았다.

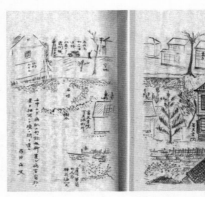

가후가 그린 편기관 주변 풍경

1921(다이쇼 10) 42세

7월 희곡집『미쓰가시와 우듬지에 밤 폭풍우三柏葉樹頭夜嵐』출간.

1922(다이쇼 11) 43세

7월 8일 모리 오가리 병문안. 9일, 모리 오가이 서거.
8월『비 소소雨瀟瀟』출간.

1923(다이쇼 12) 44세

9월 관동대지진 이후 모리 오가이 사전史傳에
　　서 영향 받아 유학자 연구 시작.

1924(다이쇼 13) 45세

9월『아자부 잡기麻布襍記』출간.

1926(다이쇼15 · 쇼와 1) 47세

3월『시타야 총화下谷叢話』출간.

＊신풍속에 관심을 갖고 여름부터 긴자 카페 타이거
에 드나들기 시작했고, 왕성한 창작활동을 하는 가
운데 짬을 내어 친구 고지로 소우요 등과 긴자나 니
혼바시 같은 번화가를 주로 다니며 서양 영화를 즐
겼다.

「일본책 그림和本の図」
긴푸산진은 가후의 아호

1927(쇼와 2) 48세

4월 「나루시마 류호쿠의 일기成島柳北の日記」를 비롯해 『주오코론』
　　에 꾸준히 수필 발표.

9월 고지마치 삼반초 게이샤 세키네 우타와 동거.

12월 남동생 데이지로 사망.

＊니혼바시 나카스에 있는 친구 병원을 들릴 때마다 위쪽으로 고토부
키, 아즈마바시를 건너 무코지마 주변까지, 아래쪽으로 기요스바시를
건너 후카가와, 스나마치까지 강가 마을을 누볐다.

1931(쇼와 6) 52세

3월 『주오코론』에 「자양화紫陽花」 발표.

5월 『주오코론』에 「팽나무 이야기榎物語」 발표.

11월 『장마 전후つゆのあとさき』 출간.

1933(쇼와 8) 54세

4월 세키네 우타와 헤어지고 게이샤 쿠로자와 기미와 교제.

1934년(쇼와 9) 55세

8월 「그늘의 꽃ひかげの花」 발표.

1935(쇼와 10) 56세

4월 『겨울 파리冬の蠅』 사가판 출간.

＊『강 동쪽의 기담』 집필을 위해 사창가가 있는 다마노이(현 히가시무코지마)를 여러 차례 산책하며 마을을 스케치하고 거리 지도까지 손수 제작했다. 1948년 또다시 다마노이를 찾았지만, 전쟁으로 모든 것이 불타버린 상태였다.

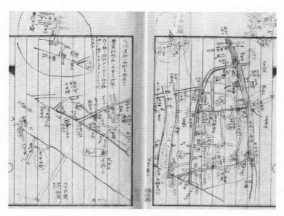

가후가 그린 다마노이 거리 풍경

1937(쇼와 12) 58세

4월 『강 동쪽의 기담濹東綺譚』
　　사가판 출간.
8월 이와나미쇼텐에서 『강 동
　　쪽의 기담』 출간.
9월 어머니 쓰네 사망. 의절한
　　동생 이자부로를 꺼려하
　　여 장례식에 참석하지 않음.

『강 동쪽의 기담』 사가판

1938(쇼와 13) 59세

5월 아사쿠사 오페라관에서 가극 「가쓰시카 정담葛飾情話」 상연.

7월 『모습おもかげ』 출간.

1942(쇼와 17) 63세

3월 「부침浮沈」 발표. 군국주의 시대를 등지고 문학자의 순수성
   을 지킴.

1944(쇼와 19) 65세

3월 사촌 기네야 고조의 둘째 아들 히사미츠를 양자로 삼음.

1945(쇼와 20) 66세

3월 10일 도쿄대공습으로 편기관 소실. 이후 히가시나카노 국제
      문화아파트로 이주하나 연이어 공습으로 집을 잃음.

6월 도쿄를 탈출하여 오카야마로 피난.

8월 가쓰야마에 있는 다니자키 준이치로의 피란처를 방문.

9월 사촌 일가가 피란해 있던 아타미에서 기거.

1946(쇼와 21) 67세

1월 사촌들과 이치카와 시 스가노 258번지(현 스가노 3초메
   17번지)로 이전.

9월 『그늘의 꽃』, 『来訪者내방자』 출간.

12월 동생 이사부로와 화해.

*이치카와로 터전
을 옮긴 뒤 마마 강
을 따라 고노다이,
스가노, 야와타 등
지를 돌며 오랜 절
과 시골길을 감상
했다. 특히 봄이면
마마 강의 벚꽃을

이치카와 데코나도 앞에서

즐겼고, 이치카와 세무서가 있던 고노다이 언덕에 자주 올라 에도 강을
바라봤다.

1947(쇼와 22) 68세

1월 집필활동을 위해 스가노 278번지
　　(현 스가노 2초메 19번지)로 이전.

1948(쇼와 23) 69세

3월 주오코론사에서 『가후 전집』(전24
　　권) 출간.

스가노 집에서 홀로
식사하는 모습

11월 지쿠마쇼보에서 『편기관음초偏奇館吟
　　草』 출간.

12월 이치카와 시 스가노 1124번지(현 히가시스가노 2초메 9

번지)로 이전.

＊도보뿐만 아니라 버스나 전철 등 대중교통을 타고 이치카와 시내를 벗어나 우라야스나 후나바시까지 점점 산책로를 넓혀 나갔다.

이치카와 역 앞에서

1949(쇼와 24) 70세

1월 『주오코론』에 「주먹밥おにぎり」 발표.

6월 다이토 극장에서 「춘정 비둘기 거리春情鳩の街」 상영.

＊직접 쓴 각본이 잇달아 아사쿠사 극장에서 상영되자 매일같이 아사쿠사를 찾아 외식을 즐기고 영화를 감상했다. 단골집도 생겨났는데, 이해 처음 간 '아리조나 키친'에서는 10년 동안 항상 같은 자리에 앉았다.

'아리조나 키친'에 걸려 있는 가후 사진

1950(쇼와 25) 71세

1월 『가쓰시카 토산^{葛飾土産}』 출간.

1952(쇼와 27) 73세

2월 미발표 원고 『꿈^夢』 출간.

11월 문화훈장 수훈.

＊조칸지가 있는 미노와,
요시와라 신사가 있는
센조쿠, 산야보리가
있는 이마도를 종종
찾아가 옛 에도의 향
수를 느꼈다.

문화훈장 수상 기념사진

늘 들고 다닌 일기용 수첩과 연필

1954(쇼와 29) 75세

1월 일본예술원 회원으로
선출.

아사쿠사 오페라관 무희와 함께

1955(쇼와 30) 76세

10월 신바시 공연장에서 「솜씨 겨루기」 상영.

1956(쇼와 31) 77세

4월 아사쿠사 마츠야에서 가후전 개최.

8월 『가쓰시카 달력葛飾こよみ』 출간.

1957(쇼와 32) 78세

3월 이치카와 시 야와타초 4초메 1228번지(현 야와타 3초메 2
번지)로 이전.

11월 『아즈마바시あづま橋』 출간.

1959(쇼와 34) 80세

3월 아사쿠사에서 점심을 먹던 중 발병하여 서둘러 귀가.

4월 29일 근처 음식점 다이코쿠야에서 식사.

4월 30일 아침 가정부가 시신 발견(사인은 위궤양 객혈에 의한
　　　심장발작).

5월 1일 자택에서 장례 거행, 유골은 도쿄 조시가야의 나가이
　　　가족묘지에 묻힘.

가후의 마지막 산책, 고별식

도시 서울 애상

나는 한옥에서 이 책을 번역했다. 서울의 오래된 서민마을 골목 안쪽에 들어앉은 이 작은 한옥은 원래 노부부가 사십 년 넘게 살았는데, "나도 이제 남들처럼 좀 편하게 살아봅시다" 하고 할머니가 할아버지를 조른 끝에 이 한옥에 월세를 놓고 빌라로 이사 가셨단다. 반빗간도 살아 있고 장지문이나 목조 천장, 툇마루며 검은 기와, 빗물이 떨어지는 처마도 옛것 그대로다. 처마의 풍경은 새침하게 바람이 닿길 기다리고, 온돌은 흙벽과 문살과 장지로 둘러싸인 공간을 따뜻하게 어루만지며 사람 사는 기온을 불어넣는다. 통장에 들어오는 돈은 빤하지만 한옥에서 글을 쓰고 싶다는 열망을 가진 건 비단 나 하나뿐이 아닐 거라 굳게 믿은 어느 로맨스 소설가의 용단 덕분에 나는 이 소중한 공간에 똬리를 틀 수 있게 되었다. 현재까지 소설가, 동화작가, 시나리오작가, 그리고 나 같은 사람이 입주해 방 한 칸을 반으로 나눠 쓰며 제각기 작업을 하고 있다.

작업을 하다 짬짬이 마당으로 나가 하늘을 올려다본다. 낮에는 하늘에 흘러가는 구름을 보며 눈을 쉬게 하고 밤에는 오늘의 달이 초승달인지 반달인지 보름달인지 혹은 구름 뒤에 숨은 부끄러운 달인지 확인한다. 가을에는 잠자리와 인사하고 겨울에는 쌓인 눈을 밟으며 시름을 털어낸다. 이제 봄이 오면 누가 찾아오려나. 어느 날은 지붕 위로 찾아온 길고양이와 눈인사를 하기도 했다. 벽을 하나 사이에 둔 옆집에는 거기서 또 한 반세기쯤을 함께 살아왔을 노부부가 투닥투닥 다투는 소리가 들리는데 그 소리마저 정겹다. 하루는 그 댁 손자가 뒷골목을 지나다가 창문을 톡톡 두드리며 할아버지에게 인사한다.

"(창문 톡톡) 할아버지." "왜." "그냥요, 건강하시죠." "그래." "나중에 놀러 갈게요." "오냐." 카톡에 익숙해진 내게 '창문톡톡'이 너무 신선해 슬며시 혼자 미소 지었다. 차가 다니는 큰길은 일부러 피해 다닌다. 작은 서민 한옥이 다닥다닥 붙어 있는 곳에는 반드시 골목길이 있다. 사람 하나가 겨우 지나다닐 고불고불한 골목길에는 빨래가 널려 있기도 하고 빨갛고 노란 설거지용 수세미 같은 게 꽃 같이 걸려 있기도 하다. 겨울밤 골목길 가로등에 눈이 내리면 그 아래를 움츠리며 걸어가는 사람의 뒷모습은 한 편의 시 같다. 가옥이며 대문이며 골목이며 어느 것도 사람을 압도할 만큼 크지 않다. 우리는 모두 이런 한옥을 사랑한다.

그런데 이 집은 월세가 꽤 저렴하게 나온 편이었는데 재개발 지역이라 그렇다고 한다. 마을 거리에 '재개발 업체 선정 투표' 따위의 현수막이 나붙기 시작하면 우리는 두렵다. "당신들이 사랑하는 그 공간은 이제 곧 가루가 되어 흔적도 없이 사라질 것이오!"라는 외침처럼 들린다. 나는 그 현수막에서 고개를 돌리고 부디 그날이 조금이라도 더디게 오기를 오직 나 혼자만의 이기적인 생각으로 빌어본다. 나는 가까운 미래에 파괴될 운명을 지닌 공간에서 이 글을 쓰고 있다. 잠자리와 고양이와 달빛이 쉬어가던 이 집에는 건조한 콘크리트 건물이 하늘을 찌를 듯 솟아오를 것이다. 서울은 이렇게 옛것을 하나하나 꼼꼼히 지워가고 있다.

백 년 전 가후가 도쿄를 보며 느꼈던 마음이 나와 다르지 않다. 이 책은 가후의 시대를 위한 것만도 아니요, 도쿄에 국한된 것만도 아니다. 오늘날 서울을 살아가는 우리가 품고 있는 비애와 애상에 관한 이야기다. 어쩌면 앞으로도, 우리의 후손들에게도 쭉 이어질. 무엇이 잘못된 건지, 어디서부터 비뚤어진 건지, 이런 흐름에 맞서 과연 내가 할 수 있는 일이 있기는 한 건지. 번역하는 내내 그런 복잡한 생각들에 휩싸여 있었다. 일본에서 『히요리게다』가 세상에 나온 이후 한 세기가 흘러도 도쿄가 이런 고민들을 버리지 못하고 있듯이, 내가 느끼는 안타까움 역시 멈추지 않는 기차처럼 끝없이 계속되리라. 현대 문명의 이기를 무조건 비판하고 싶지는 않지만 사라져가는 옛 것들을 노래해두고 싶었다는 가후의 심정을 오늘날 서울을 사는 나는 백 번이고 천 번이고 이해한다. 공감한다. 한 번 사라지고 나면, 한 번 재가 되고 나면 영원히 돌아오지 않는 것이 있다. 사람이 그렇고, 집이 그렇다. 생명이 그렇고, 마을이 그렇다. 똑같은 대지에 높은 건물을 지어 많은 사람들이 살게 하고 많은 수익을 내고, 좋다, 그런 것도 좋다, 돈은 누구에게나 공평하게 달콤하다. 하지만 이미 사라져버린 이 마을의 고불고불한 골목길과 봄비 떨어지는 걸 바라볼 툇마루와 한지가 발린 장지문 사이로 들어오는 아침 햇살이 못 견디게 그리워질 때, 그때의 상실감을 상상하면 벌써부터 가슴 한 구석이 뻥 뚫리는 듯하다.

2015년 3월
정수윤

게다를 신고 어슬렁어슬렁

가후의 도쿄산책기

지은이 | 나가이 가후
옮긴이 | 정수윤
해   설 | 오토와 베니코

초판 1쇄 발행 2015년 4월 1일

펴낸곳 | 정은문고
펴낸이 | 이정화
편   집 | 안은미
디자인 | 원선우

등록번호 | 제2009-00047호 2005년 12월 27일
주소 | 서울시 마포구 서교동 473-10 502호
전화 | 02-392-0224
팩스 | 02-3147-0221
이메일 | jungeunbooks@naver.com
블로그 | blog.naver.com/jungeunbooks
페이스북 | facebook.com/jungeunbooks

ISBN 979-11-85153-04-9 03830

『게다를 신고 어슬렁어슬렁』 독자 북펀드에 참여해주신 분들(가나다 순)
강부원 강영미 강주한 강태영 김기남 김기태 김병희 김성기 김수민 김수영 김영주 김주현 김중기
김지수 김혜연 김혜원 김희곤 노진석 박나윤 박무자 박수영 박준일 박진순 박찬일 박혜미 박훈평
송덕영 신민영 신정훈 유성환 이만길 이수진 이수한 이영래 이하나 장경훈 전미혜 정진우 조기흠
조미화 조은수 최경호 탁안나 한성구 한승훈 허민선 홍상준(외 22명, 총 69명 참여)